ANNULÉ

Un homme sincère

De la même auteure

Sortie rue Cambon, Montréal, Libre Expression, 2004.

Les Enfants d'Annaba, Montréal, Libre Expression, 2006.

Les Chartreuses, Montréal, Hurtubise HMH, 2008.

Jacqueline Lessard

Un homme sincère

Hurtubise

Catalogage avant publication de Bibliothèque et Archives nationales du Québec et Bibliothèque et Archives Canada

Lessard, Jacqueline

  Un homme sincère

  ISBN 978-2-89647-249-9

  I. Titre.

PS8623.E87H65 2010   C843'.6   C2009-942711-7
PS9623.E87H65 2010

Les Éditions Hurtubise bénéficient du soutien financier des institutions suivantes pour leurs activités d'édition :

– Conseil des Arts du Canada ;
– Gouvernement du Canada par l'entremise du Programme d'aide au développement de l'industrie de l'édition (PADIÉ) ;
– Société de développement des entreprises culturelles du Québec (SODEC) ;
– Gouvernement du Québec par l'entremise du programme de crédit d'impôt pour l'édition de livres.

Conception graphique de la page couverture : René St-Amand
Illustration de la couverture : Peeter Viisimaa
Mise en page : Andréa Joseph [pagexpress@videotron.ca]

Copyright © 2010, Éditions Hurtubise inc.
ISBN 978-2-89647-249-9

Dépôt légal : 1er trimestre 2010
Bibliothèque et Archives nationales du Québec
Bibliothèque et Archives du Canada

Diffusion-distribution au Canada :
Distribution HMH
1815, avenue De Lorimier
Montréal (Québec) H2K 3W6
Téléphone : 514 523-1523
Télécopieur : 514 523-9969
www.distributionhmh.com

Diffusion-distribution en Europe :
Librairie du Québec/DNM
30, rue Gay-Lussac
75005 Paris FRANCE
www.librairieduquebec.fr

Imprimé au Canada
www.editionshurtubise.com

À Jacques, mon mari,
pour de belles années passées
à Cuba, entre autres.
Aussi à mes enfants et petits-enfants,
particulièrement à Jules, Ciële,
Barthélémy et Lennon.

Yo soy un hombre sincero
De donde crece la palma
Y antes de morirme quiero
Echar mis versos del alma
Guantanamera, guajira

José Fernández Díaz, *Guantanamera*

Chapitre 1

Lundi 27 février 1961, 9 h 20

— ¡ *Buenos, compañero !*

— Che ? Je croyais que tu étais au camp de Guanahacabibes, s'étonna le commandant Sergio Masíquez, directeur général de la Santé publique.

— J'ai reporté ce voyage de quelques heures. Il faut que je te parle, Sergio. Tu as un moment ?

— Entre ! Je n'ai pas de rendez-vous ce matin.

— J'ai préféré te rencontrer chez toi plutôt qu'au ministère. Des bruits courent.

— Je ne vois pas ce que tu veux dire, *amigo*. Mais entre donc !

Le Che s'installa dans un fauteuil et allongea les jambes sur la table basse où trônait un jeu d'échecs que Sergio ne rangeait jamais.

— On fait une partie, décréta Ernesto Che Guevara.

— Tu voulais me parler, non ?

— On fait d'abord une partie, trancha le Che en retirant son béret. Je veux ma revanche, Sergio !

— Tu n'as pas encore digéré ta dernière défaite, plaisanta ce dernier. Le temps de mettre la cafetière sur le feu et j'arrive.

Sergio revint avec deux petites tasses remplies d'un liquide noir comme l'encre. Le Che vida la sienne d'un trait, attrapa deux pièces sur l'échiquier et présenta ses mains fermées à son ami pour qu'il en désigne une.

— C'est moi qui ouvre, *compañero*, fit Guevara en brandissant un pion blanc.

Sans hésiter, le Che déplaça son cavalier sur f3, puis alluma un cigare. Un sourire moqueur aux lèvres, il énonça, comme une citation tirée d'un fascicule révolutionnaire :

— Personne ne peut prétendre à la victoire sans la domination du centre, la sécurité du roi, le développement rapide et la concentration de forces supérieures sur un point donné.

— Ton sens de l'humour m'étonnera toujours, avoua Sergio, optant pour la stratégie de son adversaire en déposant son cavalier sur f6. Tu parles bien des règles de base du jeu d'échecs, monsieur le ministre de l'Industrie ?

— Qu'en penses-tu, docteur Masíquez ?

— J'en pense que tu as autant de pouvoir au centre que sur les flancs-gardes. Dis-moi plutôt pourquoi tu es ici, Ernesto. Que veux-tu savoir ?

— Tu as rencontré Evelio Duque avant-hier. Pourquoi ? s'enquit d'emblée le Che en déplaçant un pion sur c4.

— Je l'ai croisé, oui. C'est un ancien patient et un vieux copain, confirma Sergio en avançant lui aussi un pion sur e6.

— Tu sais que Duque a organisé un autre transfert de conspirateurs urbains vers l'Escambray au cours de la fin de semaine dernière ?

L'index posé sur son cavalier de l'aile dame, Che Guevara avait fait une pause avant de le positionner sur c3.

— En effet… j'ai entendu deux ou trois histoires à ce sujet, hésita Sergio en plaçant un pion sur d5.

— Des histoires ? Non. Ce ne sont pas des histoires.

Le Che tira sur son cigare et poussa un pion sur d4. Sergio riposta rapidement, peut-être un peu trop, faisant glisser un pion sur c6.

— Je n'ai rien à voir avec le MRR et tu le sais.

— Je l'espère pour toi. Le Mouvement de récupération révolutionnaire est la gangrène de notre révolution. Les bandits attaquent les garnisons de miliciens, incendient les canneraies, tendent des embuscades et assassinent nos alphabétiseurs dans le *campo*. Il ne se passe pas une semaine sans que des avions ennemis larguent des armes et de l'équipement de toute sorte dans les montagnes! s'emporta Che Guevara en prenant le pion d5 avec le c4.

Sergio s'attendait à ce coup. Ce début de partie était un de ceux que son ami affectionnait particulièrement. Il attrapa donc le pion que le Che venait de déplacer sur d5 et le remplaça par le sien se trouvant sur e6.

— Dis-moi ce que tu veux savoir exactement, Ernesto.

— Pourquoi fréquentes-tu Duque? Il est le chef de file, c'est lui qui commande les Benito Campos, les José Catala, les Plinio Prieto, le groupe de Tarara et les autres, tous des bandits de l'Escambray!

Et, d'un geste sûr, le Che saisit sa dame et la déposa sur c2.

— Je ne «fréquente» pas Duque. Et tu sais très bien que tous ces hommes sont des officiers de l'Armée rebelle, plusieurs sont des combattants du Mouvement du 26 juillet ou des survivants du *Granma*. Ce ne sont pas des bandits, *caramba*!

Sergio fit glisser son fou jusqu'à d6 à la hauteur de son cavalier et le regretta aussitôt. «Ce coup était prématuré», se dit-il.

— Tu prends la défense de ces traîtres ? Pourquoi, *amigo* ? déplora Che Guevara en clouant le cavalier f6 avec son fou.

— Ils ont combattu Batista à nos côtés. L'aurais-tu oublié ? lui reprocha Sergio qui roqua du côté roi.

Che Guevara prit le temps de rallumer son cigare. Concentré au-dessus de l'échiquier, il semblait réfléchir à son prochain coup mais avant d'avancer un pion sur e3, il répliqua :

— Tu m'enlèves les mots de la bouche, *compañero*. Ne viens-tu pas de me décrire des traîtres ? Tu dis toi-même qu'ils ont combattu avec nous contre Batista et voilà qu'ils travaillent contre nous avec des agents de la CIA. Des traîtres, c'est bien ce que je disais.

Sergio allait jouer mais se retint. Il savait que son prochain coup, tant sur l'échiquier que dans la discussion, devait être réfléchi. Il s'appuya contre le dossier de sa chaise, soutint le regard de son ami et dit :

— Ils ne sont ni des traîtres ni des criminels, mais des opposants au régime que nous avons instauré sans les consulter. Leur mouvement est issu des rangs mêmes des guérillas de Fidel. Et ils ne travaillent pas contre la révolution, ils refusent de se proclamer communistes, c'est différent. Ils se sentent lésés. Fidel s'est présenté comme l'ennemi de toutes les dictatures, il a déclaré que la démocratie était son idéal, qu'il n'était pas communiste et que, entre la démocratie et le communisme, il n'avait aucune hésitation. Il portait une croix autour du cou, le peuple a eu confiance en lui, termina Sergio en déposant son fou sur g4 avec la conviction que c'était astucieux.

Le sourire malicieux du Che le lui confirma.

— Je suis un admirateur de Staline et je ne peux souffrir quelqu'un qui n'a pas le même avis que moi ! énonça Guevara sur le ton de la plaisanterie en tirant longuement sur son cigare.

Penché sur l'échiquier, le Che resta un bon moment immobile avant de répliquer fermement au dernier coup de son adversaire en lui opposant son cavalier sur e5. Sergio recula son fou d'une case sur h5.

— Moi, je n'ai jamais prétendu être stalinien.

Ne tenant pas compte de la dernière remarque de Sergio, Che Guevara observa un instant son compagnon d'armes et avança un pion sur f4.

— Les activités contre-révolutionnaires des bandits de l'Escambray n'ont aucune légitimité, parce qu'elles sont le fruit de l'initiative du gouvernement des États-Unis. Les conspirateurs et les *alzados**

---

* Se référer au glossaire en fin de volume.

qui obéissent aux ordres d'Osvaldo Ramírez doivent par conséquent être faits prisonniers et passés par les armes, décréta-t-il.

— Encore des exécutions ? déplora Sergio avant d'avancer sa dame jusqu'à a5 pour immobiliser le cavalier de son adversaire.

Le Che ne répondit pas tout de suite. Il bougea d'abord son fou sur d3 afin de consolider son attaque sur l'aile roi puis, l'air accablé, il dit sur un ton de reproche :

— Tu ne vas pas, toi aussi, me taxer de « boucher de la Cabaña », *compañero* !

— Ce serait un peu réducteur, non ? Mais je ne défendrai pas une thèse qui prône l'existence de deux catégories de victimes dont l'une est exclue des droits universels de l'homme, déclara Sergio.

Puis, ayant timidement avancé un pion sur h6, il se mordit les lèvres, saisissant trop tard que sa dernière chance eût été de positionner son cavalier sur e5.

— Tu as tort. Notre lutte armée est le seul moyen d'améliorer la condition des pauvres d'Amérique latine exploités par les États-Unis. Ces paysans qui s'entêtent à nous combattre dans le *monte** sont manipulés par les Américains. Nous nous devons de résister aux ennemis de la révolution par tous les moyens. Ce n'est pas notre droit, c'est notre devoir, proclama le Che en s'emparant du cavalier f6 avec son fou.

À partir de ce moment, Sergio savait qu'il n'avait plus qu'à attendre sa sentence. Mais il ne voulait pas capituler sans différer. Il retira donc un fou blanc de l'échiquier, plaça un pion noir sur f6 et riposta :

— Résister ! Mais c'est exactement ce que font *los plantados* ! L'attitude de ces paysans est celle de la résistance ! N'est-ce pas pour obtenir ce droit à l'opposition que nous sommes revenus du Mexique à bord d'un rafiot et que nous avons souffert le martyre durant deux longues années dans la Sierra Maestra ?

Le Che venait d'avancer un pion sur g4. Sergio n'hésita pas à faire disparaître le cavalier blanc e5 en le remplaçant pas son pion f6.

— Mais ça ne s'arrête pas là ! contesta le Che en capturant le pion e5 avec f4. Tu n'as donc rien compris, mon pauvre ami ? Ni à la guerre révolutionnaire ni à l'homme nouveau ? La révolution doit s'accomplir au niveau individuel par la destruction de toute forme de propriété.

— Tu as tes convictions politiques, Che, je les respecte mais je ne les partage pas. Ça ne fait pas de moi un contre-révolutionnaire, *caramba* !

Je crois en cette révolution autant que Fidel et toi. Mais, comme les paysans, je suis surpris... disons pris au dépourvu. Je n'avais jamais entendu parler de révolution communiste, ou stalinienne, ou trotskiste, ni lors du Moncada, ni sur le *Granma*, ni dans la Sierra. Notre révolution était nationaliste, non? L'aviez-vous annoncé, ce changement de cap? Je ne le crois pas, s'impatienta Sergio en reculant son fou d'une case vers e7.

— Fidel a déjà répondu à cette question, *compañero*. Si nous avions crié depuis le Pic Turquino que nous étions marxistes-léninistes, nous n'aurions jamais pu descendre de ces montagnes! J'étais déjà marxiste alors que Fidel parlait encore de démocratie et de nationalisme. Mais je suis un marxiste indépendant, je méprise l'incapacité des communistes latino-américains. Et j'accuse la direction clandestine du Mouvement du 26 juillet, qui embrigade nos paysans dans l'Escambray, de ne pas être révolutionnaire mais simplement anti-impérialiste, affirma le Che en soufflant de la fumée en cercles vers le plafond.

— Et?

— Mais c'est terriblement insuffisant! Si nous voulons reproduire cette révolution de par le monde, c'est trop peu. Les révolutions sont moches mais nécessaires, et une partie du processus révolutionnaire passe par l'injustice au service de la future justice. Crois-moi, Sergio, la lutte armée est le seul chemin pour la révolution, pontifia le Che.

— N'oublie pas que nous avons fait cette révolution pour établir la démocratie à Cuba! Nous sommes en train de trahir ces engagements, Ernesto. Nos amis sont exécutés parce qu'ils distribuent des tracts anticommunistes!

— Nous ne pouvons pas accepter de dissidence, insista Che Guevara en roquant du côté dame.

Sergio comprit dès lors que son rival retardait sa mise à mort. Ou peut-être espérait-il le voir s'amender?

— Il faut mater l'esprit de rébellion, martela le Che. Les exécutions sont non seulement une nécessité pour le peuple de Cuba, mais également un devoir imposé par ce peuple, insista-t-il. Nous avons fusillé, nous fusillons et nous continuerons à fusiller tant que cela sera nécessaire. Notre lutte est une lutte à mort.

Sergio avait réfléchi avant de déplacer de nouveau son fou jusqu'à g5. Puis, sur un ton dubitatif, il dit:

— Ton argumentation implique d'accorder à tout révolutionnaire la justification morale et politique de supplicier une personne considérée comme contre-révolutionnaire. Alors je dis non.

— Ces bruits que j'ai entendus n'étaient donc pas pure invention. Tu n'es pas un révolutionnaire. Tu ne crois pas en la révolution! déplora le Che en capturant le fou noir en h5 avec un pion.

— Pas dans le sens où tu l'entends, *compañero*. Je respecte ta vision et tes objectifs, mais je ne suis pas, comme toi, un mercenaire de la révolution. Et je dénonce la dérive autoritaire de ton raisonnement. Ça ne m'empêche pas d'être à jamais un fervent admirateur de tous les combats que tu as menés, depuis ta lutte contre les classes sociales et contre toutes les formes d'injustice jusqu'aux miracles que tu as accomplis dans les léproseries de São Paulo et ces missions que tu t'es imposées dans les quartiers les plus pauvres des pays d'Amérique latine! Et j'en passe, Che! Dès que je t'ai entendu proclamer que tu voulais lier ton sort à celui des pauvres de ce monde, j'y ai cru et je t'ai suivi.

Sergio reprit son souffle avant de remettre son roi sur h8. Comme riposte, Che Guevara déplaça énergiquement sa dame jusqu'à f2.

— J'ai dépassé ce stade, *compañero*. Désormais, je veux la suppression de toute activité privée synonyme d'individualisme, pas seulement en Amérique latine, mais partout! Mon objectif ultime est de faire la guérilla contre ces pieuvres de capitalistes, les Américains, les militaires, les bourgeois, les partis communistes latino-américains, ces mollusques! J'ai juré de ne m'accorder aucun répit tant qu'ils ne seraient pas tous écrasés. Ce travail est loin d'être terminé, et tu me lâches, *amigo*?

— Je suis avec toi, Che. Mais je n'aime pas la tournure sanglante que prend notre révolution. Je m'inquiète des exécutions quotidiennes et massives que rapporte la presse internationale…

Ce disant, Sergio avança un pion sur f5. Le Che riposta rapidement et s'attaqua au fou noir en déposant, lui, un pion sur h4.

— J'aimerais que tu t'informes par une presse qui ne soit pas tendancieuse pour apprécier le problème dans toute sa dimension. Il faut en finir avec ces publications mensongères, on ne peut pas faire une révolution en maintenant la liberté de la presse. Les journaux sont des instruments de l'oligarchie, murmura Guevara pour lui-même.

— Que veux-tu dire, Che? Qu'on ne devrait conserver qu'un seul journal? L'organe du comité central du Parti communiste? s'indigna Sergio en ramenant son fou sur e7.

Le Che acquiesça, l'air résolu.

— Je pars pour Guanahacabibes à midi, annonçat-il en regardant sa montre.

Puis, ayant éteint son cigare et remis son béret, Che Guevara déposa résolument sa dame sur f4. Sergio grimaça, gardant l'index en suspens au-dessus de sa tour. Puis il battit l'air du revers de la main et contre-attaqua autrement :

— Que vas-tu faire à Guanahacabibes ? As-tu vraiment l'intention de maintenir ce camp de travaux forcés que tu as créé, *compañero* ?

— Ce camp est un mal nécessaire pour rééduquer les opposants à la révolution, dit le Che en souriant à son ami.

— Il s'agit tout de même d'un goulag, Ernesto.

— Tout pour la révolution et rien contre la révolution !

Sergio rendit son sourire au Che, lui signifiant avoir compris qu'il avait perdu la partie. Il dodelina de la tête et fit tomber son roi.

— Je dois y aller, un camion m'attend à midi. *¡Hasta la victoria siempre**, Sergio !

— *¡Hasta luego**, Che !* répondit stoïquement Sergio, des tremblements dans la voix.

— *¡Venceremos** !* conclut lui-même Ernesto Che Guevara.

⟞

Mardi 28 février 1961, 5 h 10

— Allez ! Debout, *compañero* ! cria l'un des trois militaires armés et au garde-à-vous dans l'embrasure de la porte.

— Qu'est-ce que c'est ? Que se passe-t-il ? demanda le commandant Sergio Masíquez en enfilant un pantalon.

— On vous attend au quartier général, suivez-nous.

CHAPITRE 2

Jeudi 23 juillet 1970, 8 h

Un jour stagnant. Sans cirrus ni zéphyr. À huit heures du matin, la chaleur était déjà accablante. Et jusqu'au crépuscule, La Havane résignée cuirait au soleil dans l'espoir de son orage quotidien.

Refermant derrière lui la porte renflée de la clinique de gynécologie San Cristóbal, la mieux cotée sous Batista et la moins abandonnée depuis Castro, le médecin évaluait les épreuves à surmonter avant son départ pour le Canada. Il était à bout. Engourdi par une étrange torpeur. La nuit avait été longue et il lui tardait de rentrer chez lui pour dormir d'abord, faire le point ensuite.

Mais, comme c'était le cas depuis des semaines, Sergio ne trouverait pas le sommeil. Il pressentirait comme une apocalypse ce qui le séparait de la fin. La *frazada de piso** claquerait dans l'eau sale. Une boue grisâtre roulerait sur le patio. Il aurait une nausée, une crampe qui lui tordrait le corps. Le soleil cuirait. Pas une feuille ne tremblerait. Stagnant. Un jour stagnant. L'eau sale et la berceuse. Ses voisins chinois et Gwenny. Lui-même et ses vieux derbys. Sergio aurait un vertige.

« Avoir été » ne pardonne pas. À cinquante-huit ans, il était condamné. Parce qu'il avait eu la foi, parce qu'il avait cru en des chefs, des causes, parce qu'il avait fait tant de guerres, celles d'ici et d'ailleurs, parce qu'il était venu de la Sierra Maestra avec Fidel et le Che, puis avait refusé ensuite de les suivre, il était condamné. Que ne donnerait-il pour n'être jamais sorti de cette Sierra ! Que ne donnerait-il pour y retourner ! Fidel aussi, sans doute. Les guérilléros chantent et font la révolution, ils ne dirigent pas un pays. « De préférence, ils meurent en Bolivie », pensa-t-il amèrement. Mais il avait fallu que quelqu'un se tienne au gouvernail, et Fidel avait su, lui, prendre les commandes. Qui n'avait pas été envoûté par la parade d'*el Jefe**?

Il en était là de ses réflexions lorsqu'il s'avisa qu'on le saluait.

C'était son ami Peter Grove, journaliste de l'Associated Press, la seule agence nord-américaine tolérée à Cuba et à laquelle l'ex-prisonnier Masíquez avait été contraint d'offrir ses services. Bien que docteur en médecine, Sergio, qui maîtrisait plusieurs langues, travaillait à l'agence à la demande du ministère cubain de l'Intérieur, officiellement à titre de traducteur, essentiellement comme informateur. Il devait rendre compte des propos que le journaliste canadien tenait dans les milieux diplomatiques, des opinions qu'il émettait sur le régime castriste et, tout particulièrement, des articles qu'il publiait à l'étranger.

Après des études en science politique dont il voulait réserver les retombées des instructions pour un après-Québec libre, le jeune Grove était venu admirer de près les résultats des hauts faits des épigones du Che. Forcément « invité » du gouvernement, Grove, malgré son enthousiasme pour les idées de gauche, était soumis à une constante surveillance, et pas seulement à celle de Sergio Masíquez. En haut lieu, malgré les détails explicites de son curriculum, on le soupçonnait d'être un agent de la CIA. Depuis la baie des Cochons, tous les étrangers étaient suspectés d'entretenir des intelligences avec l'ennemi. Quand on le lui signalait, Peter clignait de l'œil.

— Encore une nuit difficile? compatit le journaliste en serrant la main de Sergio.

— Difficile ? Trois heures de coupure d'électricité, plus d'eau à compter de minuit, à cours d'antibiotiques depuis deux semaines... la routine habituelle, ironisa le médecin à voix basse.

— Il ne te reste plus qu'une nuit à tenir dans cette clinique.

— Pourquoi n'es-tu pas à l'agence ? Y a-t-il un problème ? s'inquiéta Sergio.

— Rien de grave. Je voulais te demander de passer aujourd'hui, mais tu n'as pas l'air bien. On se verra demain.

— Il y a une urgence ?

— En quelque sorte. Un dossier bizarre qui m'arrive de Matanzas.

— Matanzas ? déglutit Sergio avec effort.

À sa libération en octobre 1967, juste après la mort du Che, il avait été chargé par le ministère de l'Intérieur d'une enquête sur Manuel Sánchez, directeur de la centrale sucrière de Jagüey Grande dans la province de Matanzas. Le MININT y soupçonnait des actes de subversion de la part de plusieurs ouvriers. Sergio avait pu observer et vérifier que Sánchez, défenseur des droits des travailleurs, sous les apparences du parfait révolutionnaire, accomplissait en effet un travail d'orfèvre en matière d'actions contre-révolutionnaires. Mais les procédés rebelles et risqués de Sánchez n'étant pas pour déplaire à l'ancien guérilléro, ce dernier s'était pris d'estime pour le fougueux directeur déterminé à contrer l'apathie des dirigeants.

Retirant de la poche de sa chemise un mouchoir défraîchi, Sergio s'épongea le front. Un dossier en provenance de Matanzas…

— Anonyme, bien sûr.

Matanzas ! Une coïncidence ? Impossible ! Il ne pouvait s'agir que d'un effort désespéré de la part de Manuel Sánchez pour endormir la garde, s'affola Sergio. Manuel aurait-il su par ouï-dire qu'on commençait à le soupçonner en haut lieu ?

— Matanzas, hein ? répéta-t-il.

— Il y est question de sabotage dans une centrale, mais certains détails me font douter de l'authenticité du document.

— Quels détails ?

— Je ne saurais te dire exactement. Plusieurs passages sont si explicites qu'on pourrait croire qu'ils ont été dictés à l'auteur du document.

— Une dénonciation volontaire, chuchota Sergio.

Pouvait-il exister une seule bonne raison pour que Sánchez dénonce des délits qu'il avait lui-même organisés et dont il veillait à la progression depuis des mois, sinon celle de reconquérir la confiance du MININT avant de pousser plus loin sa stratégie de sabotage? « Manuel veut élargir son combat et doit s'assurer de ma collaboration sans condition. Il veut voir jusqu'où je suis prêt à le suivre dans sa lutte contre le régime », raisonna Sergio pour lui-même.

— Ça va? s'inquiéta Peter.

— Ça va, murmura Sergio.

« Je suis coincé », se disait-il plutôt. Puisque dans les hautes sphères du ministère de l'Intérieur on suspectait Sánchez d'activités subversives, on ne manquerait pas de s'étonner que lui, Masíquez, agent du G2, employé des services secrets cubains sur les traces du contre-révolutionnaire depuis des mois, n'en ait encore rien écrit dans ses rapports. Il aurait dû, dès le début de son enquête, dénoncer Manuel Sánchez et sa stratégie de sabotage. Mais il ne l'avait pourtant pas encore fait, malgré la précarité de sa pseudo-liberté.

— Tu connais les lacunes de mon espagnol, voulut le rassurer le journaliste, j'ai sans doute mal interprété deux ou trois phrases. C'est pourquoi j'aurais aimé que tu me fasses une traduction plus fidèle du document.

« Pour aller jusqu'à trahir des ouvriers, Manuel devait craindre le pire! » ruminait Sergio.

— Je ferai cette traduction aujourd'hui même, insista-t-il en réprimant une crampe d'estomac.

— Il faudra pourtant que j'apprenne à me passer de toi, n'est-ce pas?

— Je viendrai.

Peter allait protester mais Sergio ne lui en laissa pas le temps.

— Si, si. Je vais aller dormir quelques heures et je serai à l'agence en milieu d'après-midi. Tu peux compter sur moi, ajouta le médecin d'un ton résolu.

Pourtant, Sergio Masíquez travaillait à l'Associated Press sans beaucoup de conviction. Il n'était d'ailleurs plus capable d'aucune ardeur. Peter lui donnait à traduire de l'anglais à l'espagnol, de l'espagnol au français, ou vice versa, des textes qui n'avaient rien du secret d'État. Peter Grove savait que Sergio Masíquez était un agent du G2 et Sergio n'ignorait pas que Peter était au courant. Au cours des derniers mois, leurs obligations professionnelles respectives, qui les faisaient se rencontrer deux à trois fois par semaine, s'étaient transformées en rendez-vous amicaux. Le jeune journaliste, rempli d'estime à l'égard du guérilléro quinquagénaire qui avait côtoyé ses idoles, le Che surtout, et qui les respectait encore malgré l'incarcération et les tortures qu'ils lui avaient infligées, se désolait de le voir dépérir. Se rapprochant de Sergio, Peter lui souffla à l'oreille:

— Tout est fin prêt. Tu n'as pas à t'inquiéter. Joue le jeu et dans trois jours tu seras un homme libre.

— Libre… Et toi ?

— Tout au plus *persona non grata*, s'amusa Peter Grove.

Sergio fit un effort pour se ressaisir afin que son ami ne remarque pas sa confusion.

— On verra, Peter. Surtout ne sous-estime pas leurs méthodes.

— Je les connais, ne t'inquiète pas pour moi. C'est toi, Sergio, qui devras tenir le coup jusqu'au bout. Je t'en supplie, reprends-toi, tu as l'air d'un animal traqué. On t'a donné ton billet pour le 26 ?

— Je l'ai. La Havane-Mexico, Mexico-Montréal. Départ à vingt-deux heures, dimanche. Et je serai logé au *Ritz-Carlton* comme les autres médecins inscrits au congrès, débita Sergio sans émotion.

— Tout est en ordre, donc. J'irai te chercher chez toi aux environs de vingt heures, après le discours de Fidel, et je te déposerai moi-même à l'aéroport. Fais-moi confiance pour le reste. J'ai des amis sûrs à Montréal. Ils t'attendent.

— Des amis sûrs…

— Tu as vraiment l'air épuisé, Sergio. Laisse tomber l'agence pour aujourd'hui. Va te reposer, essaie de dormir, on se voit demain.

— Je t'ai dit que je viendrais !

— Tu es sûr que ça va ? s'enquit Peter, compatissant, mais soulagé que son traducteur insiste pour ne pas lui faire faux bond ce jour-là.

— Absolument, ajouta Sergio encore sous le choc de ce qu'il venait d'apprendre et profitant d'un feu vert pour traverser la rue et s'éloigner.

CHAPITRE 3

Plus tôt, dans la nuit du 22 au 23 juillet 1970

Arrivé à Tarara au milieu de la nuit, Manuel Sánchez avait tiré du sommeil sa vieille tante qui s'étonnait toujours des allées et venues de son neveu « haut placé ».

— J'aurais voulu te prévenir, tante Rosa, mais j'ai dû avancer mon voyage à la dernière minute.

— Ne t'inquiète pas pour ça ! Tu sais combien tes visites me font plaisir. Comment vas-tu ? Je suis si heureuse de te revoir ! Dis-moi tout ! Tu es dans la capitale pour le discours de Fidel, n'est-ce pas ? Tu n'as pas d'ennuis à Matanzas, au moins ?

— Rassure-toi, tout va bien ! Je suis arrivé quelques jours plus tôt que prévu, car je dois rencontrer des collègues au ministère de l'Intérieur.

Que son neveu ait des alliés au MININT enorgueillissait Rosa. Elle n'était pas peu fière que

Manuel, qui venait à peine de célébrer ses trente-trois ans, ait été promu directeur d'une centrale sucrière de la province de Matanzas et chef d'un *nucleo** de travail dans cette entreprise deux ans plus tôt.

Manuel lui avait précisé que sa fonction première consistait à stimuler la conscience révolutionnaire d'un groupe d'une vingtaine d'hommes et de femmes. Il lui avait expliqué comment, plusieurs fois par semaine, après une journée de travail de dix heures, il organisait des réunions avec ses *compañeros* afin de discuter de la bonne marche de la production. « De temps à autre, au début de la séance, je fais la lecture d'un poème de José Marti ou d'une page de Lénine. Il y a aussi des jours spéciaux comme celui de l'anniversaire de la mort de Hô Chi Minh où je choisis de commenter un chapitre édifiant de la biographie du grand homme », lui avait-il raconté.

Mais Rosa, révolutionnaire et communiste par affection et non par conviction, n'avait pas à savoir qu'après ces savantes dialectiques, son neveu devait aussi tenir les « petits procès ». Celui d'un ouvrier qui s'était absenté du travail ou celui d'un autre que l'on n'avait pas vu à la dernière réunion. La règle voulant qu'il se montre miséricordieux lors d'un premier manquement, il s'en tenait à rappeler au fautif repentant qu'un bon communiste ne s'absente pas mais que, s'il doit le faire, il offre alors ses services pour une journée de travail volontaire le dimanche. Les récidivistes n'étaient pas de son ressort. Manuel se contentait d'ajouter leur nom à la « liste de bénévoles ». Et tout cela fait consciencieusement et de façon morale devenait difficile à contester. Manuel Sánchez se devait d'être parfait.

— Tout va bien ? Tu me sembles préoccupé…

Manuel avait pris sa vieille tante dans ses bras. Il aimait l'odeur de lait sucré émanant de ses vêtements et de sa peau parsemée d'éphélides.

— Je suis fatigué. Et j'ai sommeil. Que crois-tu, *querida** ? Retourne vite au lit, nous causerons demain au petit-déjeuner.

— Laisse-moi au moins te préparer un café ou un thé, j'en ai, et j'ai aussi des gâteaux secs, et du chocolat !

— Tu fais du marché noir, ma foi ! s'était amusé Manuel en déposant un baiser sur la joue cramoisie de la vieille dame.

— Non, non, pas du tout !

Rosa vouait une telle admiration à ce neveu qu'elle avait élevé comme un fils depuis la mort de ses parents, et avait tant de respect pour ce jeune homme qui affichait un parcours sans faute dans ses études comme dans sa carrière d'ingénieur, qu'elle n'aurait jamais osé la moindre infraction susceptible de nuire à sa réputation. Directeur de cette importante usine et révolutionnaire respecté dans son milieu de travail, son neveu était sa fierté, sa seule famille aussi. Bien sûr, Rosa eût aimé que Manuel fondât une famille mais, célibataire entièrement dévoué à son travail, il vivait seul à Matanzas et ne s'en plaignait pas.

— Je te taquinais, je sais bien que tes amis te gâtent. Et ils ont raison, car tu es la plus gentille *viejita** du quartier. Allez, retourne au lit. Je m'installe dans la chambre bleue. C'est bon?

— Elle est toujours prête pour toi. Tu trouveras tout ce qu'il te faut sur la commode. À demain, et dors bien, Manuelito.

— Je serai debout à l'aube, j'ai des rendez-vous très tôt. Je t'aime, avait-il dit en embrassant Rosa.

Avant de s'allonger sur l'édredon, Manuel s'était installé à une table pour relire, en l'annotant, le document qu'il s'apprêtait à remettre au ministre de l'Intérieur à la première heure le lendemain. Malgré le soin qu'il avait apporté à sa rédaction, le texte lui semblait lacunaire. La démonstration qu'il lui importait de faire restait incomplète, ses chances de convaincre ses patrons de la pertinence de ses méthodes étaient minces, et la probabilité qu'on l'autorise à continuer dans cette voie, nulle.

Au départ, convaincus de la pertinence de sa stratégie, ses patrons du MININT l'avaient encouragé
à la poursuivre. Mais beaucoup de temps s'était
écoulé et les fonctionnaires du ministère commençaient à s'impatienter. Pour les rassurer, Manuel
aurait dû être en mesure de fournir les preuves
corroborant ou annihilant leurs soupçons, mais il
avait peu progressé au cours des dernières semaines.
Tout compte fait, il n'avait rien à leur donner et,
dans quelques heures, il devrait jouer ses dernières
cartes. Le moindre faux pas ferait tout basculer et
il ne se pardonnerait pas un échec, tant il était
convaincu de ce qu'il tenait à accomplir.

Manuel avait donc décidé d'ajouter deux ou
trois anecdotes dont il avait renforcé l'intérêt en
y insérant les noms des protagonistes. Cette initiative ne manquait pas de cruauté mais devrait porter
ses fruits. Bien que son premier choix ait été de
s'abstenir de dénoncer qui que ce soit jusqu'au
discours de Fidel, son instinct lui suggérait désormais de ne plus reporter cette corvée. Il lui fallait
rester crédible et garder la confiance des uns et des
autres. Relisant le tout une dernière fois, Manuel
avait poussé un soupir de satisfaction.

— Il faut ce qu'il faut. On ne fait pas d'omelette
sans casser des œufs, avait-il murmuré tout en enfilant son pyjama.

Malgré sa fatigue, Manuel avait eu du mal à s'endormir. La situation dans laquelle il se trouvait était hasardeuse. Quelle serait la réaction de Sergio Masíquez lorsqu'il apprendrait que six ouvriers avaient été sacrifiés ?

« Masíquez a vu et a fait pire ! Le vieux maquisard interprétera mon geste comme il convient », avait-il conclu en s'assoupissant enfin.

Il n'était pas encore huit heures le lendemain lorsque, soulagé, Manuel avait quitté les bureaux du ministère de l'Intérieur pour se rendre à l'Associated Press. Il s'était félicité des ajouts qu'il avait faits à son rapport, car dix minutes avaient suffi pour rassurer les fonctionnaires chargés du dossier quant au succès imminent de sa mission. Parvenu dans le quartier Vedado avant l'ouverture des commerces, en ce torride 23 juillet, et tenant à garder l'anonymat pour quelques heures encore, Manuel avait glissé une enveloppe sous la porte du bureau de Peter Grove.

CHAPITRE 4

Inquiet de l'état de santé de son vieil ami Acha Aragon dont certains signes pathologiques donnaient à penser que son cœur pouvait flancher *ex abrupto*, Sergio avait pris l'habitude de lui faire de courtes visites un matin sur deux avant de rentrer chez lui. Au début des années 1960, à l'avènement du communisme à Cuba, le professeur de philosophie à la retraite avait dû quitter sa résidence de Tarara, réquisitionnée pour les étudiants boursiers, et s'installer à La Havane dans un immeuble situé dans le quartier Marianao à l'angle de la calle 41 et de l'avenida San Francisco.

Lorsque Sergio parvint à destination après un trajet des plus pénibles en *guagua**, un de ces vieux bus d'avant la révolution, il était en nage. Il avait fallu près d'une heure à la pétoire diesel qui menaçait ruine pour couvrir un parcours de quelques kilomètres. Inquiété par une tenace odeur de caoutchouc brûlé, le chauffeur avait d'abord été obligé de s'arrêter à trois reprises dans l'espoir que le moteur du véhicule refroidisse, puis une autre fois, comme c'était à prévoir, à cause d'une panne d'essence. Ils avaient tous attendu en silence qu'un volontaire se rende avec le jerrican jusqu'à une station-service dont les barils avaient été approvisionnés ce jour-là. Chacun sachant qu'il était risqué de montrer son impatience dans les endroits publics, tous les passagers assis ou suspendus aux courroies poisseuses avaient donc simulé l'indifférence.

Nerveux, les mâchoires crispées, Sergio descendit du bus plusieurs arrêts avant l'*esquina** de la calle 41 et marcha jusqu'à l'immeuble délabré où Acha habitait un vingt mètres carrés. Notant que, depuis sa dernière visite, le Comité de défense de la révolution avait installé un bureau au rez-de-chaussée, il longea discrètement la façade ouest et pénétra dans l'immeuble par une entrée de service. Pour accéder à l'appartement d'Acha, il fallait emprunter un escalier en colimaçon dont les marches disloquées tanguaient entre les murs de gâchis.

Il entendit qu'on soufflait très fort derrière lui.
Se retournant, il vit une petite vieille boudinée
dans un châle noir. Ses doigts osseux tripotaient un
paquet mal ficelé. Elle haletait. Le médecin ralen-
tit son ascension pour l'inciter à faire de même. Au
troisième étage, dans le corridor sombre, seul un
grand chat maigre était visible. S'appuyant sur une
poutre bancale, Sergio attendit que la vieille
femme le rejoigne. Parvenue à sa hauteur, elle lui
lança un regard réprobateur qui l'embarrassa.
L'idée de s'identifier et de la saluer l'effleura, mais
la méfiance avait depuis longtemps relégué la
bienséance aux oubliettes. La vieille femme passa
devant lui en accélérant son trot jusqu'au bout du
couloir et poussa une porte qu'elle referma rapidement derrière elle. Sergio attendit encore avant
de quitter l'encoignure où il s'était réfugié. Pour la
sécurité d'Acha, il valait mieux qu'on ne sache pas
leur amitié.

Quand il pénétra dans la pièce, son vieil ami
était allongé sur son lit. Le soleil n'était pas encore
entré là. On y respirait mal ou plutôt pas du tout.
Aussi s'empressa-t-il de pousser la porte qui donnait
sur le balcon, faisant claquer les volets contre les
murs de cailloutis.

— Acha? Ça va? s'inquiéta-t-il, le voyant blanc
comme un linceul.

Saisissant le poignet du vieillard entre le pouce et l'index, le médecin consulta sa montre.

— C'est si gentil à toi de passer me voir, Sergio !

— Tu as eu une autre attaque ?

— Si peu ! J'ai le cœur serré. On n'en meurt pas.

— Il faudra tout te même que tu te résignes à subir un ou deux examens. Dès mon retour de Montréal…

Sergio se tut. Rien n'était moins probable que ce voyage au Canada. Quant au retour…

— Tu pars bientôt, n'est-ce pas ?

— Le 26.

— Dimanche ! Le jour de la fête nationale, précisa le vieillard.

— Ton cœur bat vite. Tu as eu d'autres malaises thoraciques depuis ma dernière visite ?

— Pas du tout.

— Des palpitations, des étourdissements ?

— Peut-être…

— Je vais demander à un collègue cardiologue de te faire une petite visite.

— Je n'y tiens pas, *hijo**.

Pressé de se confier, surtout d'entendre l'avis de son ami octogénaire, Sergio libéra sa main et annonça :

— Il faut que je te parle, Acha.

Le vieil homme fit un effort pour s'asseoir dans son lit.

— Viens plus près, j'entends si mal.

Acha était le père que Sergio n'avait jamais eu. Alcoolique et infidèle, Antonio Masíquez avait été un père et un époux absent qui ne rentrait à la maison que pour refaire une valise et exprimer son exaspération d'en être réduit à ce mode de vie. Lorsqu'il les avait définitivement quittés pour refaire sa vie et un enfant avec une jeune femme de trente ans sa cadette, Sergio avait atteint l'âge adulte. Il avait longtemps déploré le peu de relation qu'Antonio lui avait permis d'entretenir avec son demi-frère, Carlos Bandera-Masíquez. Ce n'est qu'à la mort du vieillard que Sergio et Carlos s'étaient enfin liés. Tout au long de sa vie d'étudiant, déchiré par l'indifférence de son père et souffrant de solitude auprès d'une mère débilitée, Sergio s'était attaché à son professeur de philosophie devenu son meilleur ami et son unique confident.

— J'aurais voulu t'épargner ces épanchements, mais je suis à bout.

— Qu'est-ce qui te tracasse ? balbutia Acha.

— Il faut que tu saches ce que je vis depuis des mois.

— Tu veux dire depuis qu'on t'a libéré ? Mais ne t'inquiète donc pas pour ça, mon garçon. Crois-tu que je ne sais pas ce qu'on exige de toi en retour ?

— Que sais-tu ?

— Que tu dois faire tes preuves, démontrer que tu t'es repenti, obéir à tes chefs et, comme ils le disent si bien, agir selon les principes du régime. Je sais que tu as des tâches précises à accomplir et des comptes à rendre.

— Tu sais aussi que chaque fois que je sors de chez toi, je cours pondre un rapport sur la conversation que nous venons d'avoir ? Tu sais que je ne suis qu'un vendu, un espion à la solde des crétins du ministère de l'Intérieur ?

Sergio fut déçu que formuler son obsession à haute voix ne le libérât pas davantage.

— Reprends ton souffle, *hijo*, c'est toi qui vas le faire, cet arrêt cardiaque, le sermonna Acha. Dis-moi plutôt ce qui te tourmente.

— Je ne suis plus sûr de rien.

— Alors arrête-toi pour réfléchir.

— C'est trop tard. Je suis engagé. Non, on m'a engagé. Je fais honneur à une dette.

— Honneur ! s'étonna Acha, somnolent.

— C'est vrai, ce mot n'a plus de sens. Il nous faudrait réécrire le dictionnaire et redéfinir tous ces termes creux comme « honneur », « travail volontaire », « volonté du peuple », « bien de la communauté », lança Sergio, dépité.

— Tu t'égares, tu mélanges tout. Dis-moi donc ce qui te tracasse.

— J'ai peur. J'ai peur pour ceux qu'on m'ordonne de suivre, pour les gens qu'on m'oblige à fréquenter, pour Peter Grove, pour mes amis, pour tous ceux que je côtoie. Pour toi, Acha !

— Et pourquoi donc ? Tu n'es pas responsable du monde entier, et tu n'es pas coupable de tous les péchés du monde.

Sortant sur le balcon, Sergio vit d'autres *guaguas* qui ramassaient d'autres files de gens épuisés, des voitures qui agonisaient sur le même pavé disloqué et des queues qui se formaient autour des boutiques aux étals vides, encore et encore.

— Dénoncer pour être libre, trahir pour le bien commun, se trahir soi-même pour être utile à son pays, c'est beau, noble, romantique ! ironisa-t-il à voix basse, en revenant auprès d'Acha.

— Il faut voir au-delà.

— Comme Fidel qui a une fois pour toutes apaisé sa conscience avec son légendaire discours *La historia me absolvera* ? gouailla de nouveau l'ex-guérilléro.

Cette même « histoire » pourrait-elle l'absoudre, lui, Sergio Masíquez ? L'histoire lui pardonnerait-elle de s'être si souvent trompé ? Il n'en croyait rien.

La moiteur leur collait à la peau. Aux prises avec une crampe lancinante, Sergio se tint l'estomac. Il ne savait plus quoi de la chaleur humide, de l'ulcère ou de la honte le torturait le plus. La honte, sans doute. Mais qu'importait, puisque celle-là lui venait de celle-ci. Un maquisard ne se retrouve pas traducteur au service d'un journaliste soupçonné d'appartenir à la CIA sans faire un ulcère à l'estomac, un médecin ne joue pas les espions pour un gouvernement auquel il n'accorde plus sa confiance sans avoir une blessure au cœur, de même qu'un citoyen ne devient pas délateur de ses voisins sans subir une lésion à la conscience. Et lui, il avait souffert toutes ces barbaries.

Acha avait reposé la tête sur ses oreillers et semblait s'être assoupi comme cela lui arrivait souvent au milieu d'une conversation. Mais Sergio entendit :

— Tu sais que je suis communiste pour des raisons différentes de celles qui ont poussé les dirigeants…

— Le dirigeant !

— … le dirigeant de ce pays à se déclarer comme tel.

— Je sais.

— Après avoir traîné ma bosse aux quatre coins du monde et avoir été témoin de toutes les misères, je suis devenu communiste par conviction, énonça le vieillard d'une voix douce.

— Je sais que tu n'as pas adopté la philosophie marxiste par obligation, Acha. Je sais que tu es de l'école de Lénine. Je sais tout ça.

Le vieillard murmura :

— Sergio, Sergio… Les systèmes sont pensés par des génies et appliqués par des hommes. L'écart est énorme, l'incompréhension malheureuse mais inévitable.

— C'est ce qu'ils disent tous, maugréa Sergio.

— Mais un jour, nous aurons fait suffisamment d'erreurs pour en être grandis. Et ce n'est pas une révolution romantique qui a mal tourné à cause d'incompétents ou de quelques illuminés qui va me faire changer d'avis.

— Bien sûr que non ! s'indigna Sergio. Que sont dix ans, vingt ans de la vie d'un petit peuple de huit millions d'habitants ? Que sont une, deux, trois générations comparées à une idée de génie ? Il faut bien la roder, cette idée, n'est-ce pas ? Il faut des volontaires, des cobayes ! Pourquoi pas le peuple cubain ? Putain de merde ! J'espère que l'histoire ne pardonnera rien du tout !

— Tu as raison, malheureusement. C'est horrible, le sacrifice de ces générations, c'est beaucoup trop. Mais on n'a pas le choix. C'est effroyable le Printemps de Prague, abominable le ravage du Vietnam, honteux le Biafra, odieux aussi le peuple noir américain !

— Abominable ? Honteux ! railla Sergio.

— Sartre, qui a dit bien des absurdités, a tout de même écrit : « Nous nous révoltons, donc nous sommes. » Et j'espère qu'un jour on pourra aller plus loin encore et clamer : « Nous nous sommes révoltés et nous sommes libres ! »

— Tu parles bien, Acha.

— Je te parle comme je le sens, mon garçon, parce que je t'aime. Tu es malheureux, et je te vois insatisfait, déprimé, nerveux ! Ça ne sert à rien de ruminer ton passé.

Un long silence les rapprocha. Sergio prit place auprès de son ami.

— Tu vis reclus, Acha, tu ne vois ni n'entends ce qui se complote depuis des années. Rien ne tombe du ciel ici. Tout est prévu, organisé. Si tu connaissais les ruses de nos gouvernants, si tu savais les atrocités qu'ils font subir au peuple pour parvenir à leurs fins !

— Je sais.

— Je suis malhonnête. Tous les habitants de cette île me semblent l'être. J'ai parcouru le monde, moi aussi, et j'ai vu bien des choses sur cette saleté de planète, mais huit millions de malhonnêtes qui parlent à voix basse, conspirent pour trois onces de fèves noires, c'est trop! Je ne suis pas violent, enfin je pense que je ne le suis plus, ce serait de l'acharnement; mais je me sens à bout de patience et je doute de pouvoir endurer ces aberrations encore longtemps.

Acha respirait bruyamment. D'un ton las, Sergio ajouta:

— Pourtant, à chaque jour qui se lève, je ressens un peu d'espoir. Je me dis: « si aujourd'hui, c'était différent... », mais ça ne l'est jamais. Pourtant, j'y crois encore. Je veux y croire.

Le vieillard avait frémi en entendant les derniers mots de Sergio. Il soutenait son regard, un étrange sourire aux lèvres.

— Tu veux bien faire tourner le ventilateur?

Il avait raison, la chaleur était étouffante. Le réduit avait longtemps servi de remise et maintenant, avec sa chaise et sa glacière, c'était un appartement qui logeait mal le grand voyageur qu'avait été Acha Aragon. Tout ce qui permettait d'en sortir était une photographie jaunie épinglée au mur où l'on reconnaissait le vieux philosophe en compagnie d'Hemingway sur un voilier. Le professeur Aragon et l'écrivain revêche s'étaient liés d'amitié malgré les dix années qui les séparaient. Acha était l'une des rares personnes qu'Ernest tolérait plus de deux heures chez lui et qui avait le droit de caresser ses chats. Ensemble, à la tombée du jour, ils faisaient de longues parties d'échecs ou de pêche lorsque la mer était calme. Après le suicide de son ami, en juillet 1961, Acha, qui avait hérité d'une copie du manuscrit *L'Été dangereux*, avait obtenu du ministre Che Guevara de l'offrir à Sergio, emprisonné à la Cabaña depuis près de cinq mois. Ce livre sur la mort qui allait être publié à titre posthume, Hemingway l'avait écrit un an avant de s'enlever la vie.

Sergio fixait toujours la photographie. Acha l'observait.

— « Un homme, ça peut être détruit, mais pas vaincu », a écrit Ernest.

— *Le vieil homme et la mer*, murmura Sergio. Je voudrais y croire encore.

— Qu'essaies-tu de me dire, *mi hijo* ?

— Je ne sais plus de quel côté me ranger, je ne sais plus où se trouve la vérité. Tu comprends, Acha ? Je constate ce qui se passe ailleurs… Haïti, l'Amérique latine, l'Afrique, je ne vois que pauvreté, abus, corruption! Et, au fond de moi, je souhaite encore que le Che n'ait pas sacrifié sa vie inutilement et que Fidel s'en sorte, qu'il réussisse. Je voudrais pouvoir me dire que nous n'avons pas fait tout ça pour rien... toutes ces guerres, tous ces massacres! Tous ces sacrifices! ¡ *Caramba*! Mais je vois bien que rien ne marche, alors...

— Alors quoi?

— Je me dis qu'un peu de sabotage de la part d'ouvriers exploités dont le seul but est d'attirer l'attention de dirigeants obnubilés par leur certitude que tout le mal vient des Américains, ce n'est pas un crime.

— Voilà donc ce qui te tracasse, Sergio! Qu'as-tu fait? Quels risques as-tu pris? Tu ne devrais pas, c'est trop dangereux. Dis-moi que tu ne remettras pas ta liberté en jeu.

— Ma liberté?

Sergio se tut et Acha n'insista pas. Le vieillard n'avait que trop bien compris que son fougueux ami avait de nouveau mis sa vie en danger.

— Je dois aller dormir avant de passer à l'agence.

— Reviens plus tard, nous ferons une partie d'échecs, proposa Acha.

CHAPITRE 5

Jeudi 23 juillet 1970, 10 h 30

Figé devant la porte-patio, l'esprit ailleurs, Sergio avait moins envie de dormir que de boire son *cafe con leche*. Mais il n'y comptait pas trop ce matin-là, car les trois cents grammes que la ration mensuelle prévoyait suffisaient à peine à parfumer les petits déjeuners des premiers jours du mois.

Faisant quelques pas dans sa chambre exiguë, lui avide de grands espaces et désormais condamné à survivre dans cette enceinte incolore, il considéra avec plus d'écœurement qu'à l'accoutumée les coussins humides, sales et tordus à chaque bout du canapé, les livres écornés amoncelés sur des planches bancales et le plafond trop bas où le temps et la moisissure avaient croqué de grands morceaux de plâtre. Toute la pièce où rien n'échappait à cette fétidité de rance et de crasse l'écœurait encore plus que la veille, parce que le jour J se rapprochait, empestant la mort. Il se redit qu'il était passé à côté des choses simples mais essentielles de la vie, tant il avait voulu en accomplir de grandes.

Malgré son mètre quatre-vingt-dix, Sergio n'avait jamais courbé les épaules. « Tiens-toi droit ! » lui répétait sa mère. Mais ce jour-là, il pliait l'échine. Sergio fit l'effort de se redresser. Il tira sur les pans de sa chemise et vit qu'il avait les bras trop longs pour sa *guayabera** délavée, usée, rétrécie. Ses pantalons avaient au moins l'âge de la révolution ; mais peu lui importaient ces détails tant sa tragédie était ailleurs. Son front ruisselait. L'épongeant du revers de sa manche, il marcha jusqu'au lavabo accroché de guingois sous une glace dans un coin de la pièce. Son image défaite apparut, méconnaissable. De profondes commissures allongeaient sa moue et les traits de son visage, qui avaient été harmonieux et volontaires, s'affaissaient. Les muscles s'étaient distendus. Son front, qui avait accouché de grands projets, se relâchait et la peau flasque alourdissait ses paupières.

Oui, Sergio se savait condamné. « Avoir été » ne pardonne pas. Ses cinquante-huit ans avaient trop de rides, ses larges mains avaient tenu des armes et ces armes avaient tué des hommes. C'était la guerre d'Espagne et le soldat Sergio Masíquez avait fait son devoir. « La guerre est toujours lente et douloureuse. Il y a des sacrifiés, des dommages collatéraux », dit-on sans sourciller. Ce qui ne l'avait pas empêché d'être de tous les combats.

C'est ainsi que, quelque vingt années après cette fracassante défaite aux côtés des républicains espagnols, Masíquez, guerrier aguerri et mercenaire des bonnes causes, n'avait pas hésité à suivre *el comandante* Fidel Castro Ruz dans sa guérilla. Et il l'avait suivi sans trêve, jusqu'au jour où il avait proclamé l'irréversible : « *Somos todos unidos con la Union sovietica…* Oui, nous sommes les alliés de l'Union soviétique et les contestataires sont des *gusanos**, des vers de terre que nous n'hésiterons pas à exterminer ! » C'est alors que lui, le commandant Sergio Masíquez, avait perdu la foi en cette révolution qu'il avait crue, à tort, nationaliste. Il avait refusé de plébisciter ses chefs, et s'était ensuivie pour lui une longue descente aux enfers. Sa résistance devait l'amener à passer six années de sa vie à la Cabaña, l'imposante prison nationale perchée au bout du Malecón, avec une vue magnifique sur la mer et le fort El Morro dont les prisonniers sont privés. Le souvenir ineffaçable d'une partie d'échecs où il était tombé de Charybde en Scylla le fit frémir de nostalgie. Le Che lui manquait. Et en dépit de la condamnation que sa reddition lui avait value, Sergio n'avait jamais douté de la droiture de son ami.

Par ailleurs, il aurait tant voulu convaincre Fidel de ne pas tomber dans le piège de l'Union soviétique ; mais le jeune commandant en chef avait-il seulement le choix d'accepter cette alliance, sachant que les guérilléros de la Sierra Maestra, déterminés à éliminer Batista et si acharnés à polariser leurs efforts vers cet objectif, s'étaient peu préoccupés de la suite ? Fidel pouvait-il espérer que Cuba survive malgré l'embargo américain ?

— Mais qu'importe tout cela maintenant ! D'une façon ou d'une autre, mort fusillé ou mort autrement, mon tourment tire à sa fin, monologua Sergio. Dans quelques jours, quelles que soient les décisions que j'aurai prises, que j'aie dénoncé ou non Sánchez et son sabotage, tout sera terminé pour moi. Je n'irai pas au-delà de cette lâcheté.

Sergio ouvrit l'armoire à pharmacie et s'empara d'une fiole de barbituriques qu'il tourna et retourna plusieurs fois entre ses doigts avant de la replacer sur la tablette de verre. Pourtant, il avait aimé la vie, y avait cru surtout. Et le docteur Masíquez savait qu'accepter de mourir maintenant n'était pas un acte de courage. Au contraire. Ses raisons d'appeler la mort n'avaient rien de glorieux. Il ne voulait tout simplement plus affronter la réalité. Une réalité déchirante. Pour Sergio, quinquagénaire désabusé, la cruauté de la situation résidait dans le fait de douter du bien-fondé de ce qu'avait été son existence tout entière. Et en particulier dans celui de remettre en question la légitimité des années de sa vie passées aux côtés de ses amis, Fidel, Ernesto, Camilo et les autres, à organiser une révolution qui devait libérer le peuple cubain du joug de l'impérialisme américain. Que ce soit dans les steppes étouffantes du Mexique, ou en pleine tempête à bord du vieux yacht *Granma*, ou dans la Sierra Maestra avec quatre-vingts compagnons qui partageaient le même rêve, Sergio avait cru en cette cause dont il contestait désormais la plupart des conséquences.

Paniqué à la pensée qu'il avait si peu de temps devant lui alors qu'il lui restait tant à faire, et détestant le sentiment de s'être fourvoyé sans pouvoir s'amender, Sergio aurait voulu tout reprendre depuis le début. D'où la faiblesse qui lui avait fait apprécier les initiatives de Peter Grove et se laisser prendre au projet d'une nouvelle vie pour lui au Canada. Alors qu'il n'y croyait qu'à moitié, Sergio s'était tout de même laissé bercer par le plan apparemment sans faille du journaliste. Mais au plus profond de lui-même, bien que tous les enseignements, toutes les exhortations, tous les lavages de cerveau auxquels il avait été soumis depuis sa sortie de prison n'aient pu le persuader de la noblesse de son choix, celui de se remettre au service de la révolution, Sergio n'était pas davantage convaincu que fuir son pays fût la solution. Même s'il avait accepté de jouer les espions du régime pour reconquérir une pseudo-liberté, il espérait encore retrouver ses convictions d'antan. Et malgré ce billet d'avion lui permettant de quitter l'île avec la bénédiction de Castro, puisqu'on faisait confiance au gynécologue qui allait leur revenir d'un congrès international avec une expérience professionnelle bonifiée et des ouvertures sur des marchés pharmaceutiques jusque-là interdits à Cuba à cause de l'embargo, Sergio ne désirait plus s'envoler vers Montréal. Depuis des semaines, il laissait entendre à Peter Grove qu'il suivrait à la lettre sa stratégie de demande d'asile politique au Canada, mais Sergio Masíquez en était encore à se demander s'il ne préférait pas la mort à ce qu'il entrevoyait comme l'exil.

Si, au moins, il avait pu recouvrer ne serait-ce qu'une parcelle de foi en ce régime totalitaire ! Mais il en était loin. Par-dessus tout, il ne parvenait pas à accepter que le sophisme « la fin justifie les moyens » soit devenu le principe par excellence de la vision castriste. L'adhésion à cet artifice, qui était un incontournable de sa réhabilitation, lui semblait de plus en plus improbable.

« En toute honnêteté, se répétait-il, qui admettrait la nécessité d'autant de sacrifices, si ce n'est ceux-là mêmes qui les imposent et y échappent, ainsi que les rêveurs qui en ont échafaudé la théorie sans se préoccuper de son application ? Allez donc expliquer aux gens que, pour vivre dans l'abondance, il faille d'abord mourir de faim ; que, pour être libre, il faille renoncer à son droit de penser ; que, pour être heureux, il faille voir ses frères fusillés, ses fils marcher au pas et ses filles mourir en couches ! »

Néanmoins, Sergio se rappelait qu'à l'époque où il avait osé s'opposer aux idéologies opportunistes de Fidel, il ne pouvait, paradoxalement, que constater les embellies du *campo** et s'en réjouir. Après la fuite de Batista, que d'améliorations avaient été apportées à l'existence misérable des *campesinos** ! On ne pouvait nier les réalisations de la révolution hors de La Havane. Du travail pour tous et, surtout, la reconnaissance de celui des femmes ; puis l'école accessible et obligatoire, si bien que l'analphabétisme avait spectaculairement été réduit à néant. Oui, la fuite de Batista aurait pu rester à jamais inscrite dans l'histoire comme une bénédiction pour la nation cubaine ; sa proscription, un espoir pour les peuples exploités ; ses successeurs, des modèles pour le tiers-monde.

Mais, en dépit d'autant de bons points, on n'avait su faire sans heurts des soldats avec des hommes qui savent danser avant d'apprendre à marcher. On n'avait pas aisément non plus mis au pas un peuple qui languit au soleil sous des arbres qui ne donnent pas d'ombre. Et on n'avait pas sans entorse fait se balancer sur de la musique militaire des hanches qui bougent sensuellement d'instinct. On aurait dû savoir qu'il est cruel de nourrir de stances révolutionnaires des enfants qu'on a bercés en fredonnant *La Mariposa*.

Sergio avait donc dit non. Libres, mais libres pour de vrai ! On n'allait pas échapper à un maître pour s'accrocher aux tentacules d'un autre. Des Russes à Cuba ? Aussi bien dire de la neige sur des feuilles de palmiers !

～

Sergio dénoua les lacets de ses vieux derbys. Dans quelques instants, la *frazada de piso* claquerait dans l'eau sale et une boue grisâtre roulerait sur le patio. Il aurait une nausée, une crampe d'estomac qui lui tordrait le corps, puis un vertige.

L'eau sale et la berceuse geignarde des voisins. Les Chinois d'à côté et Gwenny. Lui-même et ses chaussures démodées. Il ne supportait plus ce quotidien dans lequel il s'était enlisé.

Chapitre 6

Jeudi 23 juillet 1970, 10 h 45

Venue pour lui proposer un bol de thé, Gwenny le trouva allongé, immobile, les yeux grands ouverts.

— Vous ne dormez pas, *señor*?

— Si.

— Il n'y a plus de café, mais il me reste un peu de thé.

— Non, merci.

— Je vais faire les courses, annonça la Jamaïcaine en refermant la porte.

Une heure plus tard, n'ayant pu trouver le sommeil, Sergio tournait en rond dans la pièce à l'affût d'une interprétation logique de « l'affaire Sánchez ». S'armant d'un stylo, il griffonna une ébauche de rapport :

Un. Manuel Sánchez met sur pied un mouvement contre-révolutionnaire au cours du

printemps 1967 dans la sucrière de Matanzas.
Pourquoi à ce moment précis ?

Deux. Jusqu'à maintenant, sa tactique a consisté à dégoûter les travailleurs de leur tâche quotidienne au point qu'ils en viennent d'eux-mêmes à l'idée de sabotage, puis au désir de se regrouper pour le faire.

Trois. C'est à ce moment qu'il intervient, qu'il a un entretien avec le travailleur démoralisé. À titre de chef d'unité, il lui est facile de se permettre ces dialogues discrets avec l'un ou l'autre.

Quatre. Il signifie à l'ouvrier désabusé qu'il n'est pas seul et que cette protestation par le sabotage s'étend déjà à la plupart des milieux de travail de l'île tout entière.

Cinq. Il vient de dénoncer certains de ses ouvriers. Pourquoi ? Ce geste destiné à mainte-nir sa réputation de bon révolutionnaire fait-il partie du plan ? A-t-il été forcé de reconfir-mer ses allégeances à l'aile radicale du Parti communiste, prise de doute quant à sa loyauté ? Combien d'ouvriers a-t-il dû sacrifier pour pré-server l'image qui lui permet de tromper le gouvernement ?

Six. Après des mois de surveillance, je suis coupable de n'avoir encore rien dit au ministère

de ces délits de sabotage à la centrale sucrière
de Jagüey Grande.

Ayant perçu des craquements le long de la
façade ouest de la maison, il se retint de respirer.
Venait-on l'arrêter? Il colla l'oreille à la paroi
rugueuse du mur et attendit. Rien. Après des
années d'incarcération, les gestes de Sergio avaient
pris la couleur de la méfiance : le regard oblique,
la main qui précède le corps, les pieds qui glissent
silencieusement sur le sol. Il était méfiant ; ils
l'étaient tous, d'ailleurs. Personne n'y échappait,
Sergio Masíquez moins que quiconque.

Provenant de la cuisine, le tintamarre de casse-
roles qui s'entrechoquaient le tira de ses réflexions.
Gwenny était revenue. On ne venait pas l'arrêter.
Pas encore. Il eut envie d'un café au lait.

— ¡ *Señor, señor!* Voyez ce que je vous rapporte !

Fouillant dans son sac, Gwenny criait à voix
basse. Rapporter du café n'est pas chose à crier à
gorge déployée.

Sergio remua les lèvres sans plus.

— Qu'est-ce que c'est?

— J'ai réussi à échanger les *malangas** contre
cent grammes de café. C'est une bonne affaire,
n'est-ce pas?

Sergio aurait donc son café. Il grimaça un sourire dont la Jamaïcaine se contenta. Les yeux noirs de la femme plantureuse, plus noirs que sa peau, roulèrent dans leurs orbites rouges et disparurent un instant sous des paupières moites. Avant d'être au service du docteur Masíquez, Gwenny Ranks avait été à l'emploi de quelque ambassade, laquelle, avait-elle précisé, l'avait remerciée. Sergio n'avait jamais très bien su pourquoi, comme il n'avait jamais su non plus par quel hasard elle avait abouti chez lui, « hasard » n'étant certainement pas le mot qui convenait. Elle se débrouillait à la cuisine avec le peu d'aliments prévus par la carte de rationnement, elle était futée, ne craignait pas de mourir de chaleur dans les files d'attente et savait conclure de bons marchés. Pour ce qui était de nettoyer, mieux valait ne pas s'y arrêter. Elle parlait beaucoup mais n'était pas méchante, sauf avec Francis. Elle était perpétuellement à couteaux tirés avec Francis Cruz, le colocataire de son patron. Était-ce une mascarade ? Un contre-feu destiné à amadouer Sergio qui n'avait pas beaucoup d'estime pour le mulâtre-caméléon ? Ou simplement une antipathie atavique ? Le racisme à Cuba avait des ramifications déroutantes. Il n'était pas rare de voir un sang-mêlé se caresser la main de l'index en parlant d'un plus noir que lui. Un protocole peu courtois destiné à bien marquer la différence sans avoir à prononcer le vilain mot.

Lorsqu'elle revint de la cuisine, Gwenny portait un plateau sur lequel elle avait déposé une tasse en porcelaine. Elle la présenta à Sergio avec cérémonie.

— Voici pour vous, patron !

Dodelinant de la tête, elle n'était pas peu fière. Malgré les grands airs du médecin morose, la Jamaïcaine aimait lui faire plaisir. Sergio s'efforça de sourire.

— Prends le temps de t'asseoir.

Mais elle n'en fit rien et retourna à la cuisine. Chacun, en une circonstance comme celle-là, préférait être seul avec lui-même. L'un pour ressasser ses pensées enchevêtrées, l'autre pour savourer le plus confortablement possible le fruit de deux heures de queue.

~

Gwenny avait déjà rangé ses torchons et bavardait avec la voisine.

— Quelle humidité !

— Rien ne sèche aujourd'hui.

— Chaleur écrasante.

— Et nous n'avons pas d'eau !

— Pourtant le camion-citerne est venu hier.

— C'est le moteur de la pompe qui est cassé.

— Quel malheur ! Je vous en apporte deux seaux, promit Gwenny.

Et c'était chaque jour la même chose. L'un ou l'autre n'avait pas d'eau. Un quartier ou l'autre n'avait pas d'électricité. Tout ça faisait partie de la routine. On n'avait plus d'illusions. Les imprévus étaient rares, et on avait prévu si peu. Rien à acheter dans les boutiques, donc pas de surprises vestimentaires. Rien non plus dans les épiceries, ainsi pas de variété dans les menus. Pas de liberté de parole, alors bien peu d'étonnement dans les conversations. Surtout pas de liberté de presse, par conséquent rien de nouveau dans le *Granma*.

Sans parler des initiatives personnelles qui étaient mal vues, voire dangereuses. Surtout ne pas sortir du lot, éviter de se faire remarquer. C'est pourquoi ils avaient tous l'air de cacher quelque chose. Ce système trop pur les avait tous relativement dissolus. « Ce système à la mesure de l'homme idéal avait fait d'hommes ordinaires des hommes médiocres », trancha Sergio.

« Pas tous ! s'insurgea-t-il. Parle pour toi, Masíquez ! »

Mais on était méfiant de part et d'autre et c'était normal, car on avait tant de fois été témoin d'arrestations et de disparitions au cours de la dernière décennie que le plus bavard tournait sa langue vingt fois avant de dire bonjour. On en était venu à confondre méfiance et discrétion, et jamais le silence n'avait été d'or à ce point. C'était une question de vie ou de mort, plusieurs ayant payé de leur liberté, parfois de leur vie, un moment détendu passé en tête-à-tête. Des paradoxes tourmentaient les hommes nouveaux, et ce n'était pas dû à la guerre révolutionnaire mais à ce qui était venu après, ne pouvait s'empêcher de déplorer Sergio. Oui, ils étaient tous bien méfiants. C'était peut-être cela « la conscience révolutionnaire » : la peur.

Une odeur de détritus traînait sur le pas de la porte sans la moindre brise pour la dissiper. Sergio s'en éloigna. De la fenêtre aux volets entrebâillés, il vit deux jeeps parquées à l'entrée du Comité de défense de la révolution. Des chauffeurs russes attendaient des passagers. Sergio fixait la scène sans la voir vraiment, jusqu'à ce que l'un des militaires tourne la tête dans sa direction et lui adresse un petit salut de la main. L'insolence fit s'esclaffer ses compagnons. Au même moment, une pétarade à faire trembler les vitres retentit. Sergio se jeta face contre terre, les bras au-dessus de la tête.

— Ça y est… ça y est, marmonnait-il la bouche écrasée contre les tuiles de pierre.

De longues minutes plus tard, réalisant que rien ne s'était produit que le départ en trombe d'une des maudites jeeps, Sergio retourna à son canapé en traînant les pieds et s'allongea de nouveau. S'efforçant de garder les paupières closes, il parvint à s'assoupir. Ayant en tête trop de plans, trop de secrets, trop de doutes, son demi-sommeil fut agité. Il somnola néanmoins une petite heure, jusqu'à ce qu'un mauvais rêve le fasse s'ébrouer en sueur. Des images du Che, le lendemain de leur entrée triomphale à La Havane, lui revenaient, saumâtres. Investi d'une mission de libérateur, plutôt prompt à s'emporter et sanguinaire à ses heures, Ernesto avait dû s'improviser juge lors des audiences des centaines d'hommes et de femmes qu'eux, les guérilléros, avaient faits prisonniers pour s'emparer de la ville. Sergio entendait les cris éraillés de son ami : « Qu'on les fusille tous, mais qu'on leur fasse d'abord un procès ! » La formule les avait bien fait rire sur le coup. Mais le sang avait encore une fois coulé, et certains des nouveaux commandants, dont lui-même, Sergio Masíquez, n'avaient pu s'empêcher de remettre le processus en question. Ce massacre était-il justifiable du fait qu'il s'agissait d'acolytes de Batista ? Ernesto Che Guevara, qui avait peu de temps à consacrer à ce genre de réflexions, sans cesse sollicité pour prêter main-forte aux plus démunis dans des combats inégaux, n'avait pas traîné longtemps dans les parages avant de parcourir le monde pour propager ses croyances révolutionnaires. Comme il avait eu raison! Car ses compagnons de guérilla restés pour organiser la suite l'avaient fait en dilettantes et piètrement. Que savaient-ils, les malheureux, des subtilités du fonctionnement d'un gouvernement? Des guéril-léros au pouvoir! Quelle parodie! Acclamés en héros, ils n'avaient pas tardé à inspirer la panique et à provoquer un sauve-qui-peut général. En moins de temps qu'il en avait fallu pour crier «*Venceremos*», les meilleurs éléments des profes-sions libérales de même que les cols blancs et bleus les plus performants de la capitale s'étaient retrou-vés à Miami.

Se rappelant comment il l'avait vu perdre ses moyens, Sergio eut une pensée affectueuse pour son impulsif ami Fidel, cet homme charismatique, ce chef exceptionnel, ce maître incomparable de la guérilla, catapulté à la gouvernance d'un pays pauvre et désorganisé, forcé de se jeter dans les bras de Khrouchtchev. Sergio lui en voulait à peine d'avoir tenu compte des consignes du Che et de l'avoir fait emprisonner. Car, alors même que la précarité de l'autorité du jeune *comandante en jefe* ne pouvait tolérer la moindre contestation, lui, le *comandante* Masíquez, l'avait ouvertement contredit.

CHAPITRE 7

Jeudi 23 juillet 1970, 11 h 15

Dans un assoupissement proche de la narcose, Sergio tressauta lorsqu'il entendit la voix de Gwenny.

— Bonjour, que puis-je pour vous, *señor…* ?

— Mon nom est Manuel Sánchez, je voudrais voir ton patron. Il est là ?

Manuel Sánchez ! Chez lui, ce jour-là ! N'ayant encore pris aucune décision quant à dénoncer ou à protéger le contre-révolutionnaire de Matanzas, Sergio se sentit pris au piège.

— Il est dans sa chambre, vous pouvez entrer par la porte-patio, lui indiqua Gwenny.

Manuel frappa discrètement sur le chambranle.

— Il fait si chaud, aujourd'hui ! Puis-je vous apporter un jus de *mamei** ou de l'eau glacée ? J'ai les deux, ajouta fièrement Gwenny.

— Rien, merci, coupa court Manuel en faisant glisser la porte pour pénétrer dans la pièce de Sergio. Il faut que je te parle… lui dit-il à voix basse.

Troublé par la présence de Sánchez qui ne lui avait pas annoncé sa visite à La Havane et ne doutant plus que le directeur de la centrale sucrière ait lui-même rédigé et déposé, quelques heures plus tôt, ce document dénonciateur dont Grove voulait la traduction, Sergio craignit le pire. L'intrépide Manuel Sánchez, si dévoué à la cause des ouvriers, allait-il lui confier être l'auteur de cet article envoyé à l'Associated Press, dénonçant de pauvres bougres qui avaient mis leur confiance en lui ? Quelles excuses évoquerait-il pour justifier un tel acte ? Sergio craignait que Manuel n'ait commis ce geste de lâche que pour sauver sa peau.

— Qu'est-ce qui t'a fait devancer ton voyage à La Havane, *compañero* ? Ne m'avais-tu pas dit que tu n'arriverais que dimanche pour le discours de Fidel ? demanda Sergio d'une voix peu amène.

Ayant d'abord pris soin de s'assurer que la porte qui séparait la pièce de Sergio du reste de la maison était bien fermée, Manuel vint s'asseoir sur un coin du canapé-lit. Il semblait épuisé, à peine pouvait-il rester éveillé.

— Je suis venu pour le discours de Fidel, mais j'ai des affaires à régler dans la capitale avant dimanche.

— Que se passe-t-il? reprit Sergio.

— Le temps est venu de te mettre au courant.

La première pensée de Sergio avait été de l'arrêter sur-le-champ. « Surtout ne me dis rien, Manuel! J'en connais déjà trop à ton sujet. Je ne suis qu'un piège sur ta route. Tout ce que tu vas me dire tombera directement dans l'oreille de Fidel. Tais-toi, va-t'en! » Mais il se contenta de demander bêtement :

— Tu as de nouveaux projets?

À travers un soupir qui en disait long sur son état de fatigue, Manuel lâcha un « oui, et pour très bientôt » faisant réagir Sergio qui se leva en promenant les mains sur sa poitrine et ses hanches à la recherche de cigarettes. Manuel lui lança son paquet de Populares et une boîte de *chispas**. Sergio se servit et prit le temps d'allumer la cigarette et d'aspirer une bouffée de fumée avant de demander :

— Un gros coup?

Il regretta sa question, souhaitant sincèrement que Manuel se taise. Ce dernier se contenta d'un discret hochement de tête.

C'était donc cela ! Convaincu que ses bonnes actions engendreraient de grands et heureux changements pour les ouvriers, Manuel avait sacrifié ses hommes pour en sauver des millions ! D'où la dénonciation. « Encore un pour qui la fin justifiera toujours les moyens », rumina amèrement Sergio.

— C'est pourquoi j'ai tenu à te l'annoncer moi-même.

— Tu es venu de Matanzas pour moi ?

— Entre autres.

Sergio sortit dans le jardin par la porte-fenêtre. Gwenny plaçait un drap trop long sur une corde trop courte. Les Chinois se berçaient de nouveau. Une grande flaque d'huile coagulait sur le ciment. La seconde jeep était partie. Sergio observa la Jamaïcaine prendre place sur un petit banc et bloquer un sac ramolli entre ses cuisses. Y plongeant la main droite, elle en ressortait une poignée de riz qu'elle faisait rouler dans le creux de sa paume et, habile, attrapait entre le pouce et l'index gauches les grains noirs qu'elle lançait aux trois poules. Dans un bol à ses pieds, elle conservait la poignée de riz nettoyé, puis recommençait, perdue dans ses pensées. Cette manœuvre allait durer une partie de la matinée.

« Lorsqu'un homme ne craint ni pour sa vie ni pour celle d'autrui, c'est qu'il est fou ou qu'il est piégé. Encore un qui joue avec l'existence et la mort des autres au nom de principes », se dit Sergio. Revenu auprès de Manuel, il le trouva à demi allongé sur le grabat, scrutant l'ampoule qui pendait du plafond. Un corps mince, de longues jambes, un visage étroit au nez aquilin et de grands yeux bleus au regard romantique en faisaient un bel homme. Son front large caché par une mèche de cheveux clairs était sans rides.

Manuel était bien vu autant des membres du parti que des ouvriers qu'il supervisait. Il travaillait pour les intérêts de son pays et vivait apparemment la vie du bon révolutionnaire. Que pouvait-on lui demander de plus ? Puisque l'agent du G2 n'avait jamais rien dénoncé, le MININT pouvait continuer d'accorder sa confiance au directeur de la centrale. Mieux encore, les fonctionnaires du ministère au courant de la dénonciation des ouvriers saboteurs pouvaient se targuer d'avoir eu du flair en promouvant Sánchez à la direction de cette centrale de Matanzas. « Là résidaient la force, la perversité et la faiblesse du système », pensa Sergio tout en écrasant sa cigarette dans une soucoupe qui débordait déjà de mégots.

— Tu ne crois pas que tu ferais mieux de t'en tenir au sabotage ? demanda-t-il toujours à voix basse.

— Tu sais très bien que la situation est désespérée et que, malgré des efforts surhumains, on n'atteindra pas les dix millions de tonnes de sucre annoncées par Fidel, poursuivit Manuel, ignorant la question.

— On le savait depuis le début.

— Le lait devait couler par les robinets en cette prodigieuse année 1970! ¡*Mierda*! On a même réduit la ration des enfants. Depuis dix ans, Cuba n'a fait que s'enliser davantage.

Voyant Manuel s'enflammer, Sergio lui fit signe de baisser le ton. Le jeune homme se leva pour marcher jusqu'à la fenêtre et parla plus bas sans pour autant interrompre son discours.

— Jusqu'ici, il n'a jamais été question d'activités plus compromettantes que le sabotage. Le but était de faire ressentir aux gouvernants le découragement général dans les centrales, et de les amener à se préoccuper du sort des ouvriers. Mais ça n'a rien donné, tu le sais aussi bien que moi. Ce gaspillage des ressources a été l'unique moyen…

— L'unique et dévastateur moyen!

— Oui. Mais c'est la seule arme dont dispose le peuple cubain pour manifester son mécontentement et contester le pouvoir de Castro!

— Arme à double tranchant, s'indigna Sergio. L'économie du pays stagne et le peuple s'engouffre dans la misère. Nous nous automutilons!

— Tu n'as rien fait pour l'enrayer toi non plus, ce sabotage !

Sergio se retint de le prendre à la gorge pour le faire taire. Manuel avait par trop raison. C'était bien parce qu'il espérait que ce torpillage systématique donne des résultats que lui, l'agent des services secrets cubains, Sergio Masíquez, pourtant chargé de surveiller étroitement les activités du contre-révolutionnaire Sánchez, n'avait pas une seule fois, en sept mois de filature, émis la moindre accusation contre le jeune directeur. Et cette faute allait sans doute lui coûter de nouveau sa liberté, si ce n'était sa vie. Car si Sánchez était démasqué, on ne tarderait pas à arrêter l'agent Masíquez et à l'accuser d'avoir protégé un *gusano*.

— Que comptes-tu faire alors ?

— Stopper enfin ce maudit sabotage qui ne mène à rien et agir.

Qu'attendait donc Manuel pour lui expliquer le geste abominable qu'il avait commis le matin même ? Croyait-il bêtement que Peter Grove cacherait un tel document à son traducteur ? Ou ne voulait-il que gagner quelques heures ?

— Et combien d'hommes vont te suivre dans cette action ? murmura Sergio.

— Plusieurs.

— Des jeunes ?

— Pas tous.

— De la Capitale ?

— Pas tous.

— Tu ne devrais pas, Manuel. Crois-moi. Tu vas mettre ta vie et celle de tes ouvriers en danger, articula lentement Sergio, son regard sévère fixé dans celui, insaisissable, de Sánchez.

Manuel se rapprocha de lui et hésita avant de demander :

— Tu vas à l'agence aujourd'hui ?

— Probablement... bafouilla Sergio, sentant que le moment était arrivé.

— Tu vas sans doute apprendre que des ouvriers de Matanzas ont été dénoncés pour sabotage.

— Je le sais.

— Je n'ai pas eu le choix.

— Manuel ! émit Sergio d'une voix étranglée.

— Je n'ai pas eu le choix, Sergio ! Pour porter un coup décisif, il me faut davantage que la confiance de Fidel, il me faut son admiration et son appui ! Il était temps que je donne un petit quelque chose à ses fonctionnaires, tu comprends ? Après un tel geste, personne ne doutera de ma loyauté envers le parti, et je sais qu'*el Jefe* ne laissera personne s'en prendre à moi, à tout le moins pour les heures à venir, le temps d'accomplir ce qui m'incombe. Et je n'en demande pas plus.

— Que veux-tu faire ? redemanda Sergio, ne parvenant toujours pas à décider s'il devait dénoncer le contre-révolutionnaire ou continuer de l'appuyer.

— Je n'ai pas le choix. Plus personne ne se laisse hypnotiser par le charisme de Castro. Mes hommes sont dégoûtés de ses promesses dorées jamais tenues, ils veulent des résultats. Leur patience est à bout et ils s'attendent à ce que je les aide à mettre fin à leur misère.

— Mettre fin à leur misère !

— Oui. Nous avons accompli un boulot important mais c'est insuffisant et trop lent. Nous avons assez perdu de temps.

Sergio le vit reprendre son paquet de Populares resté sur la table, en retirer deux cigarettes, les allumer et lui en tendre une. La minute de silence qui suivit l'inquiéta.

— Que veux-tu faire exactement, *compañero* ?

— Le temps de passer à une grande offensive est arrivé. À la grande offensive. Tu comprends ?

— Non.

Sergio s'entendait hurler : « Tais-toi, Manuel, tais-toi donc ! Je ne veux rien savoir d'une grande offensive ! Ne me force pas à te dénoncer, toi et tes malheureux compagnons. Tais-toi ! » Il n'avait pourtant pas ouvert la bouche.

— Mais si, tu comprends. Plus aucun compromis, décréta Manuel. Je ne peux rien te dire de plus pour le moment.

« Ouf », pensa Sergio.

— Tu n'as pas oublié que je pars pour Montréal le 26 ? Tu sais, ce congrès international ? demanda le médecin, soucieux de faire dévier la conversation et de bien marquer qu'il s'absenterait plus de deux semaines et qu'on ne devrait pas compter sur lui pour d'imminentes « grandes offensives ».

— Ce congrès de médecins ? Non, je n'ai pas oublié. Ne t'en fais pas, ce que nous avons à faire sera fait avant ton départ, ajouta Manuel d'une voix énigmatique.

— Nous ! s'étouffa Sergio.

— Oui, je… nous aurons besoin de ton aide. Presque rien. Je veux dire que tu n'auras pas grand-chose à faire, mais ce que tu feras est crucial pour la réussite de notre plan.

— Notre plan ?… Contre qui ? Un complot d'assassinat ? osa Sergio dans un souffle.

Manuel mit un doigt sur sa bouche.

— De combien d'hommes disposes-tu vraiment ?

— Je te l'ai dit, de plusieurs.

— Non ! fit Sergio, horrifié.

— Tout est au point. Et même s'il devait y avoir des morts, crois-moi, Sergio, lorsque nous aurons réussi notre coup, ce ne sera pas cher payé, pontifia Manuel d'une voix sourde mais sans réplique.

— Tais-toi !

— Et je sais que je peux avoir confiance en toi, Masíquez. Déjà, en 1961, tu avais tout compris. Tu n'as pas plus de respect que j'en ai pour le despote et sa suite. Mieux encore, je te connais et je suis convaincu que tu ne conduirais pas à la fusillade une brigade d'hommes déterminés à retrouver une parcelle de leurs droits.

« Mais toi, tu n'as pas hésité à le faire, ce matin ! » ne prononça pas Sergio. Il sentait la colère s'emparer de lui mais n'eut pas le temps de pousser plus loin, car Manuel dit en regardant sa montre :

— Je ne peux pas m'attarder ici, ça pourrait être dangereux pour toi. Tiens-toi prêt, Sergio, je te ferai signe plus tard dans la journée. Je trouverai un moyen de te faire savoir ce que nous attendons de toi. Reste sur tes gardes. Patiente encore un peu, tu sauras tout dans quelques heures.

— Je voudrais au moins comprendre ce que tu attends de moi et savoir avec qui tu veux m'associer. S'agit-il vraiment d'un assassinat ? Qui est la cible ? risqua Sergio d'une voix à peine audible.

Mais Manuel Sánchez avait de nouveau porté un doigt sur sa bouche avant de murmurer :

— Patience, *compañero*. Surtout, pas un mot de mon passage à Peter Grove.

Le jeune homme était déjà dans la rue lorsque Sergio marmonna :

— J'espère pour toi que tu sais ce que tu fais, *compañero* !

Manuel s'était retiré sans un mot d'adieu. Restant campé devant la fenêtre à persiennes, Sergio le vit s'éloigner. Qui était-il au juste, ce Sánchez ? Un homme courageux, un contre-révolutionnaire convaincu, un incorrigible téméraire ?

— C'est ce que nous verrons, grommela Sergio.

⌒

Gwenny, qui s'était attardée dans le jardin, revint à la cuisine. Pourquoi était-elle restée à l'écart tout le temps qu'avait duré la visite de Sánchez ? Craignait-elle d'entendre les conversations ? Pourquoi ? Soupçonnait-elle Sergio et Manuel de comploter quelque chose ? Que savait-elle au juste ? Exaspéré, Sergio ouvrit la porte de la cuisine avec le pied. Gwenny avait repris son siège et semblait toujours occupée à nettoyer le riz.

— Mal à l'estomac, *señor*?

Rien n'irritait davantage Sergio que cette stupide question.

— Que peux-tu y faire?

— Je demandais comme ça.

— Et voilà! On ne dit pas des choses « comme ça »! On dit des choses quand ça vaut la peine qu'on les dise!

— Vous n'êtes pas dans votre assiette.

— Et toi, pas assez dans les tiennes!

Sergio n'avait plus envie de rien. Gwenny faisait sonner les couteaux sur les écuelles. Des odeurs de lait bouilli émanèrent de la cuisine lorsqu'elle entrouvrit la porte.

— Je ne mangerai pas, dit Sergio.

— Bonne idée, il n'y a que du riz.

— Que m'importe, puisque je ne mangerai pas.

Sergio avait les nerfs à fleur de peau. La visite de Manuel l'avait conforté dans sa conviction que sa position était extrêmement périlleuse.

— Je disais cela au cas où vous auriez voulu manger ce soir.

— Alors ce soir, je mangerai du riz.

Bien que se sachant hors de cause, la Jamaïcaine s'offusquait des sautes d'humeur de son employeur. Et ni l'un ni l'autre n'aimait les réconciliations. Il valait donc mieux ne pas insister.

Le jour coulait maintenant comme de la lave et le docteur Masíquez, pourtant à bout après une dure nuit à la clinique, ne parvenait toujours pas à s'endormir. Impuissant et épuisé, allongeant les jambes sous la table, il retrouva son *Granma* dans la poubelle, relut *todos juntos con el Vietnam... los imperialistas Yankees...* Le souffle court, il redoubla d'effort pour détourner ses pensées et se défaire d'états d'âme incompatibles avec sa mission d'agent des services secrets. C'est ainsi qu'il devrait réfléchir tout au long des prochaines heures. Alors, comme une leçon distraitement répétée ou à la façon dont on compte des moutons pour s'endormir, *los imperialistas Yankees, todos juntos con el Vietnam*, le blocus, la baie des Cochons, l'Amérique latine roulaient sur ses lèvres, plus éculés que des messages publicitaires. Mais il allait de nouveau s'embarquer dans des réflexions pénibles en se disant « et la Tchécoslovaquie ? Et le Printemps de Prague ? », lorsque des crépitements rappelant une crémation l'arrachèrent à ses pensées. La chaleur était devenue insoutenable. À quoi pouvait-on s'attendre à La Havane en plein cœur de juillet ? Dehors, tout paraissait immobile. Pourtant le soleil incendiait les palmiers jusque dans leur tronc et asséchait la terre rouge des potagers. Jetant un regard résigné sur les jardins du quartier en jachère depuis le rationnement des semences, il marmonna :

— Quand elle appartient à tous, la terre, elle n'intéresse plus personne.

Chapitre 8

Jeudi 23 juillet 1970, 11 h 45

Sergio abaissa la jalousie et recula d'un pas. Ses voisins chinois pourraient croire qu'il les épiait. Il esquissa un sourire triste et ses lèvres desséchées se fendillèrent. Ils n'étaient certainement pas « de Mao » ! Ceux-là vivaient à Miramar et on les voyait rouler dans de grandes Impala bleu foncé. Ses voisins allaient à vélo.

Le soleil cuisait tout le quartier, même les massifs protégés par les manguiers n'étaient plus épargnés. À droite, rien ne bougeait encore. Plus tard, il y aurait beaucoup de va-et-vient, des seaux pleins d'eau, des marelles et des patins à roulettes. C'est qu'ils y vivaient à plusieurs entre ces murs décrépis. La famille Cardoso élargie. Et la mère, et la grand-mère, et les tantes, des hommes aussi, des neveux, des cousins et d'autres encore qui allaient et venaient du *campo* à La Havane. Certainement que personne ne l'épiait de ce côté-là. À l'étage de l'immeuble d'en face, peut-être ? Un membre du parti marié à la fille d'un ministre. Eux, ils étaient communistes et ils vivaient bien. Leur adhésion et leur fidélité au régime étaient appréciées et récompensées. La belle-mère voyageait beaucoup, les enfants portaient de bonnes chaussures fabriquées à Miami et il était rare de voir des membres de cette famille traîner dans les files de ravitaillement. Ils avaient des solutions plus commodes pour s'approvisionner. Les autres, Sergio ne les connaissait pas.

Les membres engourdis et l'esprit consumé par des tourments qu'on lui reprochait de s'infliger par habitude, Sergio refit les lacets de ses vieux derbys. Quelques instants plus tard, la *frazada de piso* claquait dans l'eau sale. Une boue grisâtre roulait sur le patio. C'était le grand astiquage quotidien. Sergio eut la nausée prévue, une grande crampe d'estomac qui lui tordit le corps. La ville étouffait sous les nuages. Pas une feuille ne tremblait. Un jour languissant que ce 23 juillet de l'année de la grande *zafra**. Les Chinois, Gwenny, Sergio et ses chaussures, l'eau sale et la berceuse.

Et, plus insupportable encore, Clarita Cardoso, si belle en pure perte.

Sortant sur la terrasse à la recherche d'un peu d'air, Sergio la vit, affairée au nettoyage du carrelage de son balcon. Elle rentrait à peine de San Juan où elle passait plusieurs jours par mois chez sa sœur Diana qui vivait seule avec sa fille de seize ans. Clarita se tourna vers lui et sourit. Les années lui allaient à ravir. Plus sensuelle, plus désirable qu'à vingt ans, elle ne l'avait jamais privé de ses mots tendres, de sa démarche ondoyante, de ses caresses timides. Oui, encore plus désirable qu'aux jours où tous les deux croyaient naïvement au bonheur, plus apaisante encore avec ses cheveux blancs apparus prématurément et qui lui donnaient un air distingué, Sergio savait qu'elle aurait donné sa vie pour lui. Pourquoi ne l'avait-il pas épousée quand il en était encore temps ? Clarita, qu'il avait abandonnée pour convoler avec une fille qu'il avait mise enceinte par inadvertance, non seulement lui avait pardonné de lui avoir brisé le cœur, mais l'avait convaincu que son geste était tout à son honneur ! Il avait aimé Clarita bien avant d'avoir connu et épousé celle pour qui il ne ressentait rien. Et il l'aimait encore après un divorce qui avait clos une union malheureuse de près de vingt ans. Mais ils s'étaient avoué leur amour trop tard et les années que Sergio avait passées en prison les avaient amenés à renoncer à l'espoir de vivre ensemble. C'était du moins ce dont Sergio s'était persuadé, malgré les inébranlables sentiments de Clarita. Mais le temps avait passé et ils n'en avaient plus parlé. Pourtant, il l'aimait toujours, si tant est qu'on peut aimer, le cœur rempli de dépit et de remords.

Sergio s'ébroua. Comment pouvait-il penser à l'amour à cinquante-huit ans, avec des idées de fuite et de trahison en tête ? D'autant que Clarita, toujours à ses côtés chaque fois qu'il en avait besoin, ne lui avait jamais rien demandé en retour ; et il ne lui avait jamais rien donné.

Ayant répondu au sourire de Clarita par un mouvement de tête machinal, Sergio s'empressa de lui tourner le dos. Il savait qu'elle ne lui tenait pas rigueur de cette apparente froideur. Elle le plaignait, s'inquiétait pour lui, souhaitant simplement le réconforter, le cajoler, l'aimer. Elle, au moins, n'avait pas été desséchée par ce maudit régime.

Notoirement de gauche et politiquement engagée au temps de Batista, Clarita Cardoso s'était retirée de tout mouvement depuis l'avènement de Fidel dont elle ne se privait pas de critiquer les méthodes. Et bien qu'elle soupçonnât Sergio d'avoir commis quelque crime en obéissant à des ordres qu'il ne pouvait ignorer, elle l'admirait sans condition et s'affligeait, avec discrétion cependant, que leur relation ait pris, au cours des ans, la couleur fade du voisinage.

~

Des coups à la porte le firent tressaillir. Sergio entrouvrit, c'était son colocataire Francis Cruz. Ses patrons lui avaient «suggéré» de le loger chez lui à sa sortie de prison. Bien sûr, on avait demandé à Cruz de surveiller Masíquez au quotidien, mais le garçon cachait si mal ce rôle de filateur qu'il était difficile de croire que le ministère puisse compter sur lui. «Francis ou un autre, pensa Sergio, aussi bien cet imbécile que je sens venir à cent lieues à la ronde.»

— Je ne pensais pas te trouver ici. Tu ne vas ni à l'agence ni à l'hôpital aujourd'hui?

— Me surveillerais-tu? ironisa Sergio.

— Tu ne devrais pas t'absenter, c'est mal vu.

— Mal vu!

Sergio se tint l'estomac.

— Toujours cet ulcère? Je te plains. Mais tes simagrées ne m'impressionnent plus, je m'y suis habitué, fit le milicien sur le ton de la bonne blague.

— Chaque fois que je te vois j'ai des crampes partout, objecta Sergio sans intention de plaisanter.

Francis portait une chemise orange qui avait gardé l'odeur d'un grand magasin de Miami.

— Que veux-tu, Francis?

Le milicien faisait rouler ses lèvres épaisses sur des dents trop blanches. Sergio n'aimait pas ce vilain visage aux yeux ronds et brillants qui ne fixaient jamais leur interlocuteur. Le nez large s'enfonçait dans les joues boutonneuses et le front étroit tirait sur les cheveux crépus. La peau n'était ni noire ni blanche et c'était de là que Francis puisait toute son assurance. Il se croyait intouchable, étant à la fois des uns et des autres.

Trépignant d'impatience, le milicien dit:

— Tu devrais être plus prudent.

Sergio se crispa. Que voulait-il insinuer? Que savait-il?

— Il y a des gens au MININT qui s'inquiètent à ton sujet, *amigo*. Aurais-tu oublié la faveur qu'on t'a faite?

Sergio lui adressa une moue dégoûtée. Francis poursuivit:

— Cette bavarde de Gwenny m'a raconté que tu es rentré de la clinique dans un état pitoyable. Des complications?

— Je suis très fatigué. Dis-moi ce que tu veux ou laisse-moi dormir en paix!

— En paix? Mon pauvre vieux! Tu es susceptible, pour ne pas dire paranoïaque, toujours sur le point d'exploser! Tu n'as rien d'un homme à la conscience tranquille. Tu as fait une petite visite à ton mentor ce matin, non?

— C'est bien ce que je pensais, tu me surveilles, répliqua gauchement Sergio.

— Comment peux-tu dire des choses semblables? Moi, ton colocataire et ton ami!

Sergio se retint de sauter sur lui. Une bonne bagarre, de réels coups de poing! Quel exutoire! La perspective, même illusoire, de rouer de coups le milicien cabotin le ragaillardit.

— Alors, toi, mon colocataire et mon ami, tu devrais savoir que toutes mes relations sont de bons révolutionnaires et de bons communistes. De quoi te préoccupes-tu?

— De toi, Sergio. Tu n'es ni l'un ni l'autre. Pourquoi ne veux-tu rien comprendre?

Francis claironnait qu'il travaillait pour la révolution, point à la ligne. Il recevait des ordres et les exécutait. Sa conscience avait parlé une fois pour toutes, et il n'avait plus à la consulter. Sergio ne pouvait que déplorer qu'il en allât de même pour Manuel Sánchez, pourtant intelligent. Car, bien qu'il ne le formulât jamais, Sánchez travaillait, lui, à la contre-révolution, avec la même conviction et sans non plus faire appel à sa conscience à chaque tournant. Tous les deux semblaient détenir les réponses à toutes leurs questions. « C'est qu'ils n'ont pas à leur crédit quelques-unes de ces fracassantes insurrections ! » s'excusait Sergio qui ressentait avec beaucoup d'amertume le point de non-retour auquel il se trouvait acculé.

— Je tiens à te mettre en garde, c'est tout. Je sais ce que tu as à faire pour te garantir la confiance en haut lieu et je ne voudrais pas te voir tout gâcher.

— Tu me fatigues, Francis.

— Je peux t'aider…

— Tu me fatigues, répéta Sergio d'un ton las.

— Pourquoi refuses-tu de suivre mes conseils ? Tu sais bien que j'ai raison. J'ai fait les Jeunesses communistes, on m'a permis d'aller étudier à Moscou, je suis membre du parti, j'occupe un poste important à l'ICAIC, on ne me refuse aucun voyage, j'ai une belle vie, quoi ! Pourquoi t'entêtes-tu ?

Francis fit une pause avant de poursuivre, gonflé à bloc.

— Et on me respecte. Mais cela se paie, le respect, Sergio !

— Ne parle pas de ce que tu ne connais pas !

— Cela se paie, que je te dis !

— Au prix que tu le paies, ce respect, je n'en veux pas. C'est au-dessus de mes moyens.

Ne tenant pas compte des propos de Sergio, Francis ajouta avec condescendance :

— Tu ne peux savoir le bonheur que je ressens à porter l'uniforme militaire pour monter la garde. Les gens passent devant moi en inclinant la tête. Moi, je travaille pour eux, je les protège. Et je sais que je suis utile à mon pays.

— Tais-toi ! Mais tais-toi donc ! fulmina Sergio dont la colère n'atteignait pas le milicien.

— Tu sais qu'on va me donner une Alfa Romeo ? On ne veut plus que je perde de temps dans les *guaguas*. Je dois être disponible et efficace à plein temps depuis que je suis sous-directeur à la production.

— Une Alfa Romeo ! Pour aller à la mer avec les putes qui te courent après pour tes entrées gratuites au Tropicana ? Je sais qu'un jour viendra où je paierai cher le droit que je m'octroie de te parler aussi franchement, mais nous ne payons pas avec la même monnaie. C'est d'ailleurs l'unique consolation qu'il me reste.

Francis eut un sourire fat.

— Tu n'es jamais du bon côté. C'est maladif.

Le milicien regarda sa montre.

— Et toi, tu te crois indispensable! prononça Sergio sur un ton qui ne cachait pas son mépris.

— J'assiste à une projection cet après-midi. Un documentaire sur la *zafra*. J'ai déjà des tas d'idées pour une série d'affiches.

— Je n'en doute pas un instant. Dans l'état d'esprit où tu es, tu as certainement du génie.

— Va toujours traduire ces conneries d'articles que Peter Grove pond sur «la marche lente de la *zafra*», lança-t-il comme une insulte.

Sergio ne broncha pas. Le milicien se leva et, les deux mains sur la tête, émit un hennissement de satisfaction.

— ¡*Los diez millonnes van y venceremos!* ¡*Hasta luego, amigo!*

— Idiot! marmonna le médecin.

Depuis un instant, il semblait à Sergio que la chaleur frappait davantage. Les Chinois ne se berçaient plus et Clarita avait disparu. Dans le silence, tout cuisait plus lentement et sans interruption. Quittant la terrasse désertée par les dernières traînées d'ombre, il revint s'asseoir à l'intérieur où le clair-obscur lui parut plus invitant. Rassemblant le journal épars sur la table, il le replia soigneusement; il semblait accomplir ce geste avec circonspection, mais son esprit était ailleurs, quelque part en Indochine. *Todos juntos con el*

Vietnam disait le titre mal imprimé de l'article à la une du *Granma* du 23 juillet. Tous ensemble avec le Vietnam... *Los imperialistas Yankees*, lisait Sergio.

— Les impérialistes américains! Et les autres? se rebiffa-t-il.

Une subite impatience s'empara de lui. Froissant avec rage le mince quotidien, il le lança à la poubelle. Que pouvait-on faire, face à une malhonnêteté à la fois si flagrante et si subtile? Sergio espéra que la chaleur torride endorme sa conscience.

Il entendit de nouveau les grincements interrompus un peu plus tôt. Le chant triste des berceaux de la grande chaise de bois sur les dalles de cipolin. La chaise berçante des voisins muets. Momentanément rassuré, Sergio reprit son poste à la fenêtre. Par l'entrebâillement de la jalousie, il vit un décor incandescent toujours immobile et il le contempla sans le voir jusqu'à l'heure où il lui fallut se rendre à l'agence.

CHAPITRE 9

Lorsqu'il réintégra son bureau après un déjeuner frugal, Peter Grove fut surpris d'y trouver la voisine de Sergio assise dans l'encoignure du portique, le visage dissimulé sous un chapeau.

Un an auparavant, peu de temps après qu'il eut retenu les services du docteur Masíquez, Peter avait reçu la visite de cette dame. Clarita Cardoso, qui ne manquait pas de panache, était ravissante sous sa masse de cheveux blancs et toujours séduisante à cinquante-cinq ans. Elle n'avait pas caché ses sentiments pour l'ex-guérilléro. Sa visite qui aurait pu n'être que de courtoisie avait été minutieusement préparée et conduite. Clarita Cardoso s'était montrée déterminée à tout faire pour que Sergio Masíquez recouvre sa réputation auprès des dirigeants et qu'il réintègre la place qui lui était due dans ce régime d'après-révolution. Au cours de toutes ces années, caché dans la Sierra Maestra ou emprisonné à la Cabaña, son ami n'avait-il pas fait ses preuves auprès du commandant en chef? Il n'était plus question que Sergio Masíquez soit malmené par des frères d'armes. Il avait payé sa dette, si tant était qu'on pouvait parler de dette.

Peter s'était alors entendu promettre à la femme résolue de ne rien exiger du traducteur qui puisse mettre sa liberté en péril. Oui, il était conscient du rôle que jouerait Sergio Masíquez à l'Associated Press et oui, il ferait en sorte que les «patrons» du traducteur soient satisfaits de son rendement. Un an plus tard, elle était là, devant lui, les joues roses, fébrile et plus déterminée que jamais à ne pas laisser Sergio se faire piéger.

— Madame Cardoso!

— Il faut que je vous parle, fit Clarita à voix basse en jetant un regard par-dessus son épaule.

— Vous me semblez bien nerveuse, on vous a suivie?

— Je ne crois pas.

— Permettez, s'empressa Peter en prenant le bras de Clarita. Venez dans mon bureau.

Retirant son encombrant chapeau, Clarita prit place dans le fauteuil que Peter lui désignait. Elle était agitée, peut-être même paniquée, si on en

jugeait à sa façon d'éfaufiler le rebord de la capeline de paille. Peter cherchait une anecdote
amusante afin d'engager la conversation de façon
détendue, mais Clarita entra d'emblée dans le vif
du sujet.

— Sergio a l'air d'un fantôme, monsieur Grove.
Je suis très inquiète. Si vous avez la moindre idée
de ce qui l'angoisse à ce point, je vous en prie,
dites-le-moi !

Peter scruta le visage de Clarita.

— Mais vous qui connaissez Sergio bien mieux
que moi et depuis bien plus longtemps, vous devez
savoir à quel point il est un homme anxieux !

— Non, non, il s'agit d'autre chose. Je connais
suffisamment Sergio pour savoir qu'il est au plus
mal. Se serait-il compromis dans quelque action
contre-révolutionnaire malgré les… contraintes de
sa réhabilitation ?

— Sergio Masíquez ne me ferait pas de telles
confidences, prétendit le jeune journaliste.

— Je crois que si. Et j'espère que vous savez,
monsieur Grove, à quel point il serait dangereux
pour Sergio qu'il soit soupçonné de la moindre
action rebelle. On ne lui pardonnerait rien du
tout. On ne lui ferait même plus la faveur de la
Cabaña. Vous comprenez ?

La gorge nouée, Clarita se tut.

— Je voudrais pouvoir intervenir, croyez-moi, mais rien de ce que je pourrais faire ne lui servirait. Au contraire, vous vous doutez bien que le travail que je fais ici est loin de me valoir le vivat de tous les membres du gouvernement, ajouta Peter.

— Sergio vous aurait-il dit que certaines personnes de son entourage pourraient le surveiller ?

— Vous croyez qu'on chercherait à lui nuire ?

— Sergio a un locataire, Francis Cruz, un milicien qu'il n'apprécie pas beaucoup, mais qu'on lui a imposé.

— Et cet homme présenterait un danger pour lui ? De quelle façon ?

— Je crois que Francis Cruz a pour mission de rendre compte des allées et venues de Sergio et qu'il fera en sorte de le compromettre.

— Vraiment ?

Surpris du peu d'information que Clarita semblait détenir quant aux activités, allégeances et projets de Sergio, Peter resta sur ses gardes. L'allusion au milicien était par trop insignifiante tant le rôle de Cruz était évident. Ou bien Clarita en savait long sur les projets du docteur Masíquez et était là pour lui tirer les vers du nez, ou bien elle ne savait rien du tout et il serait dangereux autant pour elle que pour Sergio qu'il laissât échapper le moindre détail susceptible de la mettre sur la piste d'une demande d'asile politique au Canada. Jus-qu'où pouvait aller une femme amoureuse?

Le téléphone retentit, ni l'un ni l'autre ne broncha.

— Désirez-vous être seul pour prendre cette communication? se préoccupa Clarita en se levant.

— Ne bougez pas, j'en ai pour une minute.

Clarita reprit place dans son fauteuil.

— Associated Press, ici Peter Grove, fit-il en attrapant l'appareil.

Un bon moment s'écoula avant qu'il ne mur-mure :

— Oui, en effet. J'ai reçu ce document tôt ce matin. Comment le savez-vous?

Après avoir écouté en pianotant nerveusement sur son secrétaire, le journaliste dit:

— Si vous me le permettez, je lirai d'abord le texte en anglais avant de répondre à cette question. Mon traducteur sera là cet après-midi, ajouta-t-il en adressant une moue dubitative à Clarita.

L'interlocuteur insistait.

— Avant qu'il soit question de sa publication, je dois discuter de cet article avec l'Associated Press.

Peter se tut un bon moment, écarquillant les yeux.

— Et ce Manuel Sánchez serait l'auteur du document? Je ne connais pas cette personne. Je n'ai aucune relation de cette sorte, vous avez ma parole.

À l'autre bout de la ligne, l'interlocuteur ne disposa que de quelques secondes avant que Peter ne s'insurge.

— Son ami personnel?

Peter vit que Clarita Cardoso avait l'air inquiet. Que savait-elle de ce Sánchez? Était-il une connaissance, une menace? Que savait-elle surtout du danger qu'il représentait pour Sergio?

— Je vous reviens dans les vingt-quatre heures. Bonne journée à vous et mes hommages à monsieur le ministre.

Après avoir raccroché, Peter dit autant pour lui-même que pour sa visiteuse:

— L'affaire prend des proportions inattendues.

— Que craignez-vous?

Peter hésita avant de demander à Clarita:

— Qui est ce Manuel Sánchez? Est-il vraiment un ami de Sergio?

— Je ne le connais pas, répondit-elle, au bord des larmes.

Puis elle souffla dans son mouchoir avant d'ajouter sur un ton qui se voulait menaçant:

— J'espère que votre traducteur n'aura jamais à se repentir d'avoir dû travailler pour vous.

— Je l'espère tout autant que vous, madame, vous pouvez me croire.

Peter se leva pour raccompagner Clarita jusqu'à la sortie, mais avant qu'il n'ouvre la porte, elle lui chuchota une dernière requête.

— Pouvez-vous m'assurer que Sergio va s'en sortir ?

— Que voulez-vous dire ? demanda Peter à voix basse, craignant fort de comprendre que Clarita avait deviné les intentions de Sergio.

— D'autres avant lui ont essayé, monsieur Grove. Tous n'ont malheureusement pas réussi.

— Il vous a mise au courant ?

— Non, mais je le sais, c'est tout. Et Sergio ne doit jamais soupçonner que j'ai compris qu'il ne reviendra pas.

— Il hésite encore, vous savez.

— Il doit aller jusqu'au bout, c'est sa dernière chance. Sa vie est en danger à Cuba. Je ne souhaite rien d'autre que de le savoir en sécurité au Canada… et de l'y rejoindre un jour.

— Je ferai l'impossible pour ça. Comptez sur moi.

— Pourriez-vous faire appel à moi si vous jugiez que je serais capable de lui venir en aide au dernier moment ? De l'encourager ?

— Je vous le promets.

— N'hésitez pas, monsieur Grove. Sergio Masíquez est toute ma vie.

— J'avais compris.

Avant de se précipiter dans la rue, Clarita recoiffa sa capeline et tira sur le rebord effiloché jusqu'à ce que la moitié de son visage soit recouvert. Peter attendit qu'elle disparaisse au coin de la rue pour refermer la porte de l'agence. Il était inquiet, trop d'événements étranges étaient survenus depuis le matin. D'abord, l'attitude déroutante de Sergio Masíquez suivie de l'intervention de Clarita Cardoso, sans mentionner ce document glissé sous sa porte et, surtout, ce coup de fil inopiné de la part du chef de cabinet du ministre cubain de l'Intérieur. Quoique convaincu de la plausibilité du plan de demande d'asile sur lequel il travaillait depuis des semaines, Peter Grove avait été troublé par les hésitations de son ami médecin. Autant, au début du projet, Sergio lui avait paru enthousiaste à l'idée de quitter un pays auquel il ne croyait plus et qui ne lui accordait pas davantage sa confiance, autant, depuis quelques jours, pourtant presque arrivé à la fin du parcours, Sergio lui était apparu indifférent, puis accablé. En fait, il semblait n'éprouver ni enthousiasme pour ce voyage au Canada, ni réconfort à l'idée de ne pas en revenir et même ne plus avoir confiance en

Peter Grove, bien que celui-ci prît des risques et mît sa carrière en péril afin d'organiser sa demande d'asile politique.

CHAPITRE 10

Le *Turtle Blues* ne prodiguait pas ses bienfaits habituels. Janis Joplin s'époumonait afin de brouiller les ondes et permettre à Peter Grove de discuter avec son traducteur.

Quelques minutes seulement avaient suffi à Sergio pour comprendre que le dossier que Peter avait reçu le matin même était le plus sûr des coupe-files pour Manuel Sánchez. Fidel insistait pour que de tels documents tombent entre les mains de la presse étrangère et se réjouissait chaque fois qu'on les lui proposait. Ces dénonciations ne constituaient-elles pas la preuve que des saboteurs, de toute évidence à la solde des Américains et de la mafia cubaine de Miami, s'acharnaient à maintenir Cuba dans un état de misère ? Manuel avait donc été contraint de sacrifier six de ses ouvriers pour donner le change, sauver la mise et poursuivre « son plan ».

— Ça va, Sergio ? Je te trouve bien silencieux, lui fit remarquer Peter.

— Je ne supporte plus ces chassés-croisés de Christ et de Judas ! Ils me donnent la nausée.

— Et pourquoi aujourd'hui en particulier ? Connaîtrais-tu ces ouvriers ?

— Indirectement, répondit Sergio, laconique.

— Es-tu au courant de cette histoire de sabotage ?

— Plus qu'au courant. J'enquête sur les agissements de l'instigateur depuis des mois, et je sais depuis le début qu'il est le maître d'œuvre de ce sabotage organisé. Mieux, je sais qu'il t'a lui-même déposé ce document ce matin pour amadouer le ministère de l'Intérieur et avoir le champ libre.

— Tu connais donc l'auteur du document ? s'étonna Peter en remontant le volume de la chaîne stéréo.

Sergio acquiesça d'un battement de paupières. Se rapprochant du journaliste, il lui confia :

— Le gars s'appelle Manuel Sánchez et sous les apparences du parfait révolutionnaire et de l'obséquieux petit directeur destinées à leurrer le gouvernement, il est l'un des plus longs *gusanos* de l'île. Et ce ver de terre sort tout juste de chez moi.

Peter avait reconnu le nom que le chef de cabinet du ministre lui avait balancé au téléphone quelques heures plus tôt.

— Tu n'es pas obligé de me raconter ça, dit prestement Peter. Si ces confidences présentent le moindre danger pour toi, je ne veux pas les entendre. Garde tes secrets.

— Je préfère te les confier. À ma sortie de prison, on m'a demandé d'enquêter sur ce jeune homme, admirateur de Fidel et partisan du nouveau régime. Sánchez s'était fait remarquer à la Faculté des sciences d'ingénierie pour ses qualités de chef, et il s'était engagé dans les Jeunesses communistes. C'est donc frais émoulu de l'université qu'on l'a engagé et promu *jefe de nucleo de trabajo**.

— Attends, je remonte le volume.

— Moi, j'étais encore en prison lorsque Sánchez est parvenu à ce poste. On m'a raconté qu'il a tout tenté pour améliorer le sort de ses ouvriers, défendu leurs droits auprès des autorités du gouvernement, épargné la prison à des dizaines de jeunes rebelles en convainquant les dirigeants qu'il pouvait les ramener dans le droit chemin. J'ai su qu'il avait même rencontré Fidel en 1966, pour sauver d'une condamnation à mort un groupe de travailleurs accusés de délits de sabotage.

— Délits de sabotage ? Déjà ?

— Non. Au début, il jouait franc-jeu avec le ministère de l'Intérieur. C'est d'ailleurs à cette époque qu'il s'est vu confier la responsabilité de diriger la plus grande centrale sucrière de Matanzas. Ses fonctions essentielles ont longtemps consisté à inculquer une conscience révolutionnaire aux travailleurs, puis à dépister et à dénoncer les contre-révolutionnaires. Ce qu'il avait apparemment accompli avec succès.

— Que s'est-il donc passé?

— Sánchez se serait rebellé. D'après mes calculs, c'est à la suite de la fusillade « exemplaire » de mars 1967 au cours de laquelle seize de ses hommes ont été décrétés « éléments subversifs à la solde de l'ennemi », condamnés sans procès et exécutés dans la même journée, que l'irréprochable Sánchez se serait secrètement rangé du côté des ouvriers contestataires.

— En es-tu sûr?

— Qui est sûr de quoi que ce soit à Cuba?

— Il aurait agi ainsi au risque de mettre non seulement sa carrière en danger mais aussi sa liberté et sa vie? contestait Peter, arpentant la pièce et hochant la tête.

— C'est ce que je crois.

— Et s'il n'était là que pour te piéger? suggéra-t-il.

— Non, pas du tout, au contraire, murmura Sergio, tu ne comprends pas. Non seulement Manuel Sánchez n'est pas le bon révolutionnaire que le ministère croit, mais il est sur le point d'entraîner ses hommes dans un complot des plus risqués.

— Que veux-tu dire ?

— Il est venu me voir ce matin pour me parler d'un « gros coup » qu'il va réaliser dans les jours à venir. Il m'a demandé mon aide. Je vais bientôt en apprendre plus long, il a parlé d'un plan.

— Quel plan ?

— Je n'en sais trop rien pour le moment. Il me fera signe plus tard dans la journée. Il a seulement dit que c'était pour très bientôt.

— Ça ne va pas ! Ça ne va pas du tout, Sergio ! Un gros coup ! Mais tu as déjà fait tous les gros coups que tu avais à faire. Pour bientôt ! Tu pars dimanche, *Jesus Christ* ! Tu es libre…

— Je ne suis pas libre du tout ! Tu sais très bien qu'on ne m'a pas tiré de la Cabaña pour mes beaux yeux. Je suis au service du G2 depuis l'instant où j'ai mis les pieds dans la rue.

Peter ne releva pas la confession. Sergio venait pourtant de lui avouer, de vive voix et pour la première fois, ce qu'il était vraiment venu faire à l'agence. Mais il n'eut pas droit à la réaction qu'il escomptait. Le journaliste ne se montra même pas surpris.

— Ne me dis pas que tu as l'intention de te mettre dans cette merde trois jours avant de quitter Cuba pour de bon ? s'écria Peter.

— Je n'ai plus le choix.

— Si, tu l'as. Refuse de le rencontrer.

— Impossible. Sánchez me teste lui aussi.

— Je sais tout ça. Et après ? Il faut que tu te désistes. Trouve une raison, ce n'est pas si compliqué… Beaucoup de travail à la clinique, ton voyage au Canada… Dis à ce Sánchez que tu dois te préparer pour la conférence de Montréal. Peu importe, sors-toi de ce guêpier, Sergio !

— De un, le ministère s'attend à ce que je lui explique comment il se fait qu'en suivant Sánchez à la trace pendant des mois, je ne me sois pas rendu compte des problèmes de sabotage qui sévissent dans la sucrière qu'il dirige. De deux, Manuel qui me fait confiance et que je protège depuis des mois pourrait s'inquiéter que je lui fasse faux bond au moment où il est question d'une opération importante et me dénoncer afin de se racheter, le cas échéant, pour avoir caché au MININT ce que je soupçonnais de ses activités contre-révolutionnaires.

Peter se rappelait les inquiétudes du chef de cabinet à qui on avait rapporté que Sánchez et Masíquez étaient de bons amis.

— Quelles activités? Le sabotage? Il a déjà dénoncé six « coupables ». De ce fait, Sánchez est *clean* en ce qui concerne le MININT. Quant à ce gros coup, tu viens de me dire que tu en ignores tous les détails. Il est encore temps de te désister. Fais-le avant qu'il te mette au courant, sinon tu n'auras vraiment plus le choix.

— Tu ne comprends pas. Je ne suis pas certain non plus de vouloir que Sánchez réussisse.

— Tu vas le dénoncer?

— Je n'en sais rien! Si je le fais, Sánchez et ses hommes seront exécutés. Mais si je ne le fais pas et qu'ils réussissent leur plan, ou nous serons tous fusillés ou je devrai vivre avec cet assassinat sur la conscience.

— Mais tu te rends compte que tu n'as pas dénoncé le moindre acte de sabotage dans une usine où c'est pratique courante? Dans une usine qu'on t'a demandé de surveiller de près depuis plus de six mois! N'est-ce pas dangereux pour toi d'avoir trompé le MININT?

— Si.

— Et pourquoi, Sergio?

— D'après mes observations, jusqu'à ce jour, Sánchez ne s'en était tenu qu'à ce genre de contestation dans le but d'amener les gouvernants à écouter et à prendre en compte les revendications des travailleurs. Je ne suis pas contre.

— Tu n'es pas contre ? Mais on s'en fout, Sergio ! Le problème n'est pas là, *Jesus Christ* !

— On m'a dit que d'autres organisateurs travaillent comme Sánchez dans presque toutes les centrales sucrières de Matanzas, d'Oriente et de Pinar del Rio, poursuivit Sergio comme s'il n'avait rien entendu des protestations du journaliste.

— Et un jour sur deux il y a arrestation et exécution ! s'écria Peter en montant au maximum le volume de la chaîne audio.

— En effet, acquiesça Sergio dans le tintamarre assourdissant.

— Et comment comptes-tu t'en sortir ?

— Pour le moment, Sánchez ne sait pas que je l'ai à l'œil et le MININT ne sait pas de façon sûre que je le protège.

— Détrompe-toi. Le chef de cabinet du ministre m'a contacté ce matin, ne put-il cacher plus longtemps à Sergio.

— Quoi !

— On sait en haut lieu que Sánchez a lui-même déposé ce document à l'agence ce matin. On m'a demandé si Manuel Sánchez était aussi un de mes amis, sous-entendant qu'on savait qu'il était le tien. S'ils se doutent le moindrement des activités contre-révolutionnaires de Sánchez, ils t'arrêteront. Il faut que tu quittes Cuba !

— Je ne suis pas certain que ce soit la meilleure chose à faire. Peut-être me reste-t-il encore une chance de m'en sortir.

— Quoi ? Comment ?

— Le ministère sait que Sánchez t'a fait parvenir la dénonciation et que je suis forcément au courant puisque je travaille pour toi.

— Bon, d'accord. Tu vas donc faire ton rapport sur Sánchez, réitérer à quel point il est bon révolutionnaire et conclure en disant que tu attendais d'avoir des preuves plus solides pour dénoncer toi-même ces six *gusanos*, et que l'Associated Press a bien évidemment l'intention de publier ce document qui démontre la perversité de l'ingérence américaine à Cuba.

— Je ne peux pas faire ça. C'est Sánchez lui-même qui a amené au sabotage les ouvriers qu'il dénonce.

— Et puis quoi encore ? Au point où tu en es, tu ne vas pas commencer à tergiverser sur des points de morale !

— Si je dois le dénoncer, ce ne sera pas pour le sabotage mais pour ce plan.

— Quel plan? Tu ne sais rien de ce plan, rappelle-toi!

Sergio, le regard fixe, restait immobile.

— S'il s'agit vraiment de l'assassinat d'un personnage haut placé et que Sánchez croit contrôler la situation, crois-moi, il ne prendra aucun risque et tu devras disparaître, grommela Peter Grove.

— Je sais.

— Il faudrait que tu quittes l'île aujourd'hui, s'agita le journaliste en revenant à la charge.

— Tu sais bien que c'est impossible.

— Non, ce n'est pas impossible! Il suffirait que les responsables du congrès réclament ta présence pour une rencontre préparatoire, une urgence, une réunion des plus importantes qui aurait lieu à Montréal demain à la première heure.

— Que vas-tu chercher?

— Oui, oui. C'est ce qu'il faudrait. Je vais tout de suite contacter un ami qui connaît bien le ministre de la Santé du Québec, il peut nous arranger le coup.

— Aucun ministre ne se compromettrait dans une histoire aussi sûrement vouée à l'échec. Pourquoi le ferait-il?

— T'inquiète! Ton histoire n'est pas banale et peut avoir des retombées politiques rentables. Un ancien guérilléro de la Sierra Maestra, un ami du Che qui demande l'asile politique au Canada, ça peut intéresser, crois-moi.

— Je crois plutôt que tu t'emballes.

— Et moi, je n'arrive pas à croire que tu te sois mis dans un tel pétrin.

— Ne t'en fais pas pour moi, je m'en sors toujours, tenta de conclure Sergio.

Mais la conviction n'y était pas.

— On se voit toujours chez les Britanniques, ce soir?

— Ah oui! Cette invitation! Je n'en sais rien…

Sergio quitta l'agence, laissant derrière lui un Peter Grove inquiet.

Dehors, la file d'attente pour le pain s'allongeait jusqu'à l'arrière de la boulangerie. Le soleil ne cuisait plus. Un nuage noir comme la fumée des cheminées des centrales menaçait le quartier. Sergio rentra chez lui et prit une douche avant que l'eau ne soit coupée. Puis, emmailloté dans un drap de bain délavé, il attrapa son courrier et s'installa sur le patio pour l'ouvrir.

À *dix-sept heures, sur la plage…* disait le message laconique de Manuel Sánchez. La pluie se mit à tomber dru. Sergio se sentait las, presque indifférent.

CHAPITRE 11

Jeudi 23 juillet 1970, 16 h

L'orage passa, laissant derrière lui une chaleur humide. Un grand ciel blanc aux contours indéfinis drainait les lacs de la rue. Le jour ne cuisait plus. Il collait. Sergio revint à la réalité. Il devait rencontrer Manuel à dix-sept heures à Tarara, à proximité de la maison de Rosa Sánchez, sa tante. La plage de Tarara était à une heure de route environ, une heure de route à parcourir en Mercedes 1952 sur du bitume truffé de nids-de-poule. Il valait mieux ne pas tarder. Sergio pénétra dans la vieille voiture par la portière du passager, l'autre étant coincée depuis des mois. Il n'y faisait plus attention.

Il emprunta la calle 23 et accéda rapidement au boulevard du Malecón. La mer amplifiait la réverbération de la lumière, la promenade devenait aveuglante. L'or coulait, lisse, sur les vieilles façades et la forteresse Del Morro tremblait dans l'embrasement. Déjà, la voiture s'engageait dans le tunnel. Sergio apprécia la pénombre malgré l'odeur d'humidité qui suintait des murs de crépi jusqu'à ce que le soleil l'assaille de nouveau, réapparaissant rouge, au bout de l'horizon.

Trois camions grouillants de militaires attendaient à l'entrée de la via Monumental. Une vieille Cadillac venait de rendre l'âme sur la voie de gauche. Sergio passa devant les édifices à appartements de l'*Habana del Este* où vivaient des techniciens soviétiques, bulgares et d'autres pays d'Europe de l'Est. Il se dit qu'ils vivaient bien, les Russes de Cuba. Ils apprenaient l'espagnol à la fameuse école Abraham-Lincoln, pouvaient acheter en pesos à l'Empresa diplomática, et avaient le monopole du marché noir dans la capitale.

Un autobus empestait le mazout et l'autoroute se perdait dans un nuage opaque. Cela aussi leur venait de Russie. Elle était généreuse, la Russie, et on lui devait tellement. Une dette qui grossissait à raison d'un million de dollars par jour. Sergio pensa qu'on avait dû hypothéquer plusieurs *zafras* et plusieurs milliers de tonnes de sucre, d'oranges et d'un peu de tout pour payer cette machinerie qui attendait dans les ports et autour des centrales pour être sabotée. Quelle horreur ! Mais Sergio n'était plus horrifié. Il était fatigué. Une grande lassitude lui tirait le visage et lui alourdissait les membres. La lassitude ressemble au chagrin. Elle vous empêche de serrer les poings. Sergio rêvait de colère. La colère, elle, se défend toute seule.

Sans le signaler, puisque les clignotants de la Mercedes ne fonctionnaient plus, Sergio se rangea à droite avant de s'engager dans une route bordée d'oléandres. Tarara est fleurie autour de ses résidences luxueuses. Avant la révolution, des familles aisées, désormais installées à Miami, venaient y séjourner les week-ends et les mois d'été. Maintenant que ces maisons appartenaient au peuple, les boursiers bruyants venaient y étudier les écrits de Marx et surtout y acquérir ce que l'on appelait « la conscience révolutionnaire ». Pour le congé de la fête nationale, ils étaient tous partis à La Havane.

Sergio gara la voiture sous les cocotiers. Le sable était roux et la mer émeraude, il n'y en avait que pour les yeux. Il marcha deux ou trois minutes, lentement, jusqu'à la plage. Manuel y était déjà, presque seul. Ici et là, des têtes piquaient au travers des vagues. Des étrangers pour la plupart. Sergio, sans le saluer, alla s'installer près de lui. Il quitta ses vêtements, réajusta un maillot que Clarita lui avait fabriqué dans un calicot aux couleurs cubaines et se jeta dans la mer. Manuel en fit autant. Tous les deux exécutèrent un crawl rythmé avant d'établir le contact.

— L'eau est bonne à cette heure, n'est-ce pas ?

Une fillette lança un ballon dans leur direction. Manuel s'amusa à le lui relancer, Sergio entra dans le jeu. Ils s'y intéressèrent un moment avant d'aller s'asseoir dans les premières vagues. Une dizaine de minutes s'écoulèrent encore entre la cigarette et les premières paroles.

— Alors ? murmura Sergio tout en fixant le bout de son pied.

— Ça y est. Castro, après-demain, le 26.

— Quoi ! s'étouffa Sergio.

— Avant la fin du discours, alors que l'île entière se sera pressée à la Plaza de la Revolución pour l'entendre. Nous avons assez perdu de temps. Rien ne sert de s'attaquer à de petits CDR ou même à un ministre ! On risque autant pour rien du tout. Je t'explique. Après, si tu as des questions…

Sergio s'étendit sur le sable et y enfouit les bras. Cette chaleur qui lui venait de toute part le clouait là. Et il allait commettre un crime, là, dans un instant. Il ne pouvait plus partir. Ou il allait laisser Castro se faire assassiner, ou il allait condamner à mort une vingtaine d'hommes déterminés à se débarrasser d'un dictateur, tout comme lui l'avait été onze ans plus tôt.

Manuel allait lui raconter une histoire où il ne serait ni le héros ni l'auteur. Un pion. Un pion qu'on allait poser, déplacer, retirer sans lui demander son avis. Pourquoi devait-il payer si cher cette liberté qu'on prétendait lui donner? Il ne sentait plus ses membres engourdis. Il n'était plus qu'un poids chaud, inerte et lourd qu'il ne contrôlait pas. Manuel, lui, se trouvait de l'autre côté, celui où se prennent les décisions. Il était romantique, encore. Ils l'étaient d'ailleurs tous dans ce pays, ou l'avaient été. Cette révolution sensuelle, dix ans plus tôt, c'est comme cela qu'ils l'avaient faite. Le Che se plaisait à parler du romantisme qui animait leur insurrection, se rappela Sergio en se retournant sur le dos. Il ne put retenir un long soupir de résignation. Il pensait qu'il serait tellement bon d'être à la plage pour de vrai. Puis il sursauta. Manuel avait repris la parole. Il ne s'y attendait plus. Les membres plombés, la conscience invalide et le cœur en charpie, c'est la mort dans l'âme que Sergio allait devoir prendre parti pour ou contre une cause qu'il n'aurait jamais eu l'idée d'arbitrer de son vivant.

Manuel se mit à tracer dans le sable des cercles qui accompagnaient son récit. Les phrases étaient courtes et les mots précis. Sergio n'avait droit qu'aux détails qui concernaient son propre rôle. On lui demandait peu et il n'avait pas à en faire davantage. D'ailleurs, ce qu'il avait à faire était simple, presque trop. Il devait, avec l'aide d'un compagnon en uniforme de milicien, anesthésier deux gardiens de sécurité planqués dans des guérites à l'entrée ouest de la Plaza de la Revolución. Mais ce geste, insignifiant en apparence, était indispensable, au dire de Sánchez.

Sergio n'avait pas bougé des quarante minutes qu'avait duré le briefing. Sidéré, il se disait que Manuel était ou bien extraordinairement lucide ou complètement fou. Son compagnon acheva brusquement comme il l'avait commencé le récit d'un plan stupéfiant.

Quand ils se quittèrent, le ciel était rouge sang et le sable tiède.

~

Sergio mit près de deux heures pour refaire la route en sens inverse, s'arrêtant pour contempler la fin d'une journée interminable. Perdu dans son passé, il espérait y trouver l'élan nécessaire pour se lancer dans un futur qui l'effrayait. Il errait.

Au loin, sur la façade d'un édifice délabré, il lut : *¿ Porqué el Moncada ?* Cette belle tirade imprimée à des milliers d'exemplaires et exhibée sur tous les murs de l'île de Cuba appelait-elle vraiment une réponse ou ne souhaitait-elle pas, au contraire, demeurer ainsi en suspens jusqu'à la fin des temps ? Afin de se convaincre de la nécessité de l'assassinat de Fidel Castro, il lui fallait revivre des moments où il avait été témoin d'actes abominables commis par son ami. Et la bataille de Moncada en était. Oui, après tout, pourquoi le Moncada ? Cette question que la propagande imposait aux Cubains à chaque coin de rue, partout où ils posaient le regard, tombait à point.

À cette époque, Fidel étudiait le droit à l'université de La Havane et lui, Sergio Masíquez, de quatorze ans son aîné, pratiquait déjà la médecine. Depuis plusieurs mois, les forces révolutionnaires regroupées en une organisation clandestine avaient recruté aux quatre coins de l'île de jeunes travailleurs, des chômeurs, des étudiants, des artisans, des paysans, même des professionnels comme lui. Sous la direction des fringants Fidel Castro et Abel Santamaria, plus de mille cinq cents membres s'étaient associés aux figures révolutionnaires du passé tels Eduardo Chibás et José Marti pour militer contre le gouvernement de Fulgencio Batista.

En ce 26 juillet de l'année 1953, plus d'une centaine de volontaires s'étaient regroupés pour participer aux assauts sanglants organisés contre la caserne de Cespedes à Bayamo et celle de Moncada à Santiago.

Des images lui venaient en rafales. Sergio ressentit une brûlure à l'estomac.

— Pourquoi le Moncada ? Quelle folie ! gémit-il.

Fidel, Raúl et Abel croyaient avoir tout prévu ! Des uniformes cachés dans un puits, de vieux fusils dans des voitures, une offensive sur trois fronts. Leur plan consistait à s'attaquer, à un contre dix, à l'une des forteresses les mieux gardées de Cuba, à mettre en avant de jeunes téméraires mal armés pour affronter des soldats aguerris et impitoyables ! Une horreur ! Une boucherie ! À quoi pouvaient penser ces gamins ?

— C'étaient des gamins, murmura Sergio le cœur serré.

Mais il revoyait aussi l'hôpital militaire où ils avaient reçu l'ordre de tirer sur les soldats blessés, infirmes, malades. Et ils l'avaient fait. Par conscience révolutionnaire. Par idéalisme. Oui, ils se devaient de le faire, cela s'appelait « une stratégie », avait proclamé Fidel qui voulait se faire connaître.

— Une bataille perdue d'avance !

Sa vieille Mercedes cala après avoir cahoté dans un enfoncement. L'ayant garée sur l'accotement, Sergio se prit la tête à deux mains. «Quel gâchis! Un pays, un peuple condamné à souffrir. Aucun moyen de s'en sortir. Batista? Fidel? La guérilla! Tout ça pour rien, *caramba*! Tellement sûrs de réussir, tellement convaincus de la nécessité, de la grandeur de ce que nous faisions. Ernesto, mon vieux Che, si tu voyais le gâchis!»

— Pourquoi? hurla-t-il.

Sergio réussit à faire redémarrer le moteur et il reprit la route, se méfiant des trous et des saillies. Puis la ville lui apparut, embrasée, et il plissa les yeux. Le soleil qui précède le crépuscule a sa manière à lui d'aveugler. Dans cette orgie de carmin et de pourpre, les immeubles déplâtrés, barbouillés et bardés d'affiches restaient majestueux. Sur un mur lépreux, Sergio remarqua un graffiti géant. Encore. *¿Porqué el Moncada?* Encore et toujours plus moralisateur qu'intrigant et qui restait suspendu, sans réponse. En réalité, personne n'en avait jamais rien su et personne n'en saurait jamais rien. Sinon que de pauvres diables s'y étaient fait tuer pour une cause dans laquelle ils avaient foi. Ils avaient bonne mine maintenant, Abel Santamaria, sa petite sœur Haydee et les autres à six pieds sous terre avec leur cause juste à défendre! «Tout ça pour ça. L'impérialisme russe valait bien l'impérialisme yankee. Qu'est-ce qu'ils en savent, tous ces gauchistes qui se gargarisent de slogans et de belles idées? Ces révolutionnaires des pays riches et libres qui font la guérilla, repus, arborant de gros ventres de suralimentés dans leurs voitures de luxe! Pauvre Santamaria, martyr de la révolution, tu avais peut-être raison parce que tu y croyais, mais ta mère a pleuré pour rien. Tu vois bien que tu l'as fait pleurer pour rien, ta mère! Suis-je bête, Abel, tu ne peux rien voir, pauvre malheureux! Je le sais, j'étais là. Je les ai vus t'arracher les yeux avant de violer Haydee!»

«*¿Porqué el Moncada?* Nous vous le demandons! Pourquoi se mentir encore? Tous ne le savaient que trop bien, déjà lors de l'attaque il y a dix-sept ans! Le Moncada? Pour la publicité de Fidel Castro. Pour cette raison et uniquement pour cette raison! Bien sûr!» Comme tout cela était clair maintenant dans l'esprit du commandant Masíquez. C'était l'évidence même. Car s'ils l'avaient pris, ce Moncada, à quoi cela aurait-il bien pu servir? Batista aurait sur-le-champ dépêché ses armées pour qu'elles enclosent l'édifice!

«Soixante-dix jeunes hommes et femmes ont été tués, massacrés, sacrifiés pour que tu puisses faire parler de toi, Fidel. Et nous, les survivants de ce massacre, avons été arrêtés, torturés, emprisonnés pendant des mois et plusieurs d'entre nous exécutés, encore pour ta gloire! "L'histoire me pardonnera!" as-tu claironné lors de ta défense. Moi je te dis que *hay que verlo, compañero*. Oui, ça reste encore à prouver, Fidel. »

Sergio crut qu'il allait s'évanouir. La crampe qui perdurait l'empêchait de respirer. Les mains tremblantes sur le volant, la vue embrouillée, le cœur battant, il se dit: « Je les laisserai faire, je les laisserai tous faire ce qu'ils ont à faire… Moi, je ne m'en mêle plus. »

— On me tuera. Délivrance! haleta-t-il.

CHAPITRE 12

Jeudi 23 juillet 1970, 19 h 45

— Je viens de rencontrer Sánchez.

Sergio tournait en rond dans la pièce, gesticulant, les mains tremblantes.

— Calme-toi, Sergio. Dis-moi plutôt ce que Sánchez t'a confié.

— Un grand coup est prévu pour bientôt, fulmina Sergio.

— Que veux-tu dire ? s'inquiéta le vieillard.

— Manuel change ses plans. Terminé le petit sabotage. Il parle d'un gros coup !

Sergio s'arrêta à temps. Il ne voulait surtout pas mentionner le complot d'assassinat et alarmer son pauvre ami.

— Et il compte sur toi, énonça Acha comme une évidence.

— Je crois… enfin… Oui, répondit finalement Sergio. Il dit que tout est au point et que le coup qu'il prépare ne peut rater. Il y travaille depuis plus d'un an. Il a parlé d'une vingtaine d'hommes. J'ignore qui ils sont, nous ne nous sommes jamais rencontrés.

— Nous ?

— Je n'en sais encore trop rien, je n'ai pris aucune décision, Acha, c'est pour ça que je suis venu.

— Continue.

— Personne ne connaît d'autres noms que le sien ; c'est à croire qu'il a tout préparé seul. Il a ses contacts, ses entrées, son plan. Il est fort. Sa seule faiblesse est de croire que les autres le sont autant que lui. C'est ce qui pourrait le perdre.

— De jeunes idéalistes convaincus de défendre une juste cause ne lâchent pas, même lorsque la situation est désespérée. Tu le sais.

— Tu as raison, mais ils ne sont pas tous jeunes.

— Alors, arrête-toi. Tu le mérites, tu as fait ta part. Tu ne dois plus courir de risques, le réprimanda affectueusement le vieillard.

— Je pense plutôt que je ne peux pas risquer la vie de jeunes gens idéalistes et naïfs !

Sergio avait envie de crier, de vomir, de tout raconter à son vieil ami. De lui révéler les

conséquences des tortures subies lors de son emprisonnement, de lui donner les détails sordides de ce
qu'on qualifiait sans vergogne de dettes à honorer,
de l'avilissement que la réhabilitation avait impli-
qué, du dilemme où venait de le plonger Sánchez
et qui ne lui laissait le choix que d'une dénonciation ou de la participation à un complot d'assassinat! Mais il se retint de le faire. Acha ne pouvait
plus rien pour lui. Il regretta d'être venu. Comment
avait-il osé venir troubler l'existence d'un vieillard
avec de tels tourments?

— Que vas-tu faire, Sergio?

— Je n'en sais rien.

— Si tu crois en l'action de Sánchez, aide-le. Si
cette action va à l'encontre de tes convictions,
dénonce-la.

— Mais ce n'est pas aussi simple! s'insurgea
Sergio.

— Si, ça l'est. Réfléchis, isole-toi et fais le point.
Après, tu feras ce que ta conscience t'aura dicté.

— Agir selon ma conscience, Acha? Je ne
détiens plus ce pouvoir.

— Que veux-tu dire?

— Je veux dire que je crois encore en Fidel, que
je suis convaincu qu'il faut lui donner une autre
chance, et que je me refuse de renoncer à ce pour
quoi nous nous sommes battus côte à côte. Notre

révolution n'a que dix ans! Mais je ne peux pas non plus dénoncer Sánchez qui travaille depuis des années à la défense des droits des ouvriers, je ne peux pas envoyer à la mort des hommes qui se battent pour une cause comme je l'ai fait moi-même.

— Je comprends, je sais. Va tout de même réfléchir, car il faudra bien que tu prennes une décision, non? Promets-moi de ne pas te jeter dans la gueule du loup, petit.

« Petit. » Sergio ressentit un pincement au cœur.

— Je ne dispose plus de mon libre arbitre, déplora-t-il.

— Si, on l'a toujours. À toi de voir. Il y a au moins trois possibilités : la première, tu te proclames révolutionnaire, tu appartiens à la nouvelle classe cubaine et tu fais en sorte que tes actes corroborent tes principes. La seconde, tu décides de quitter l'île et tu passes ton temps à préparer un voyage improbable en courant les ambassades, ou bien encore tu prends part aux menées contre-révolutionnaires que te propose Sánchez.

— Tu sais très bien que je n'ai plus ce genre de convictions depuis longtemps et, de toute façon, ce ne sont pas des choix. Ce ne sont que des moyens de fuir, prononça Sergio en s'éloignant de son ami pour échapper à sa vue.

— Je n'en crois rien. Si tu es ici, c'est que ta conscience est toujours en état de marche. Je te connais bien, mon garçon, et je sais que tu n'es pas de ceux qui se contentent d'écrire ou de deviser sur les révolutions. Toi, tu les fais, Sergio. Tu vas jusqu'au bout de tes convictions, tu veux rester logique avec toi-même. Tu as combattu toute ton existence : Franco, Machado, Batista ! Même Fidel et Guevara en 1961 ! Et si je comprends bien, tu vas encore une fois…

— Non, je t'en prie Acha !

Sergio était blanc comme la mort. Acha venait en quelques mots de faire le procès de sa vie. Il venait de lui jeter à la figure toute l'inutilité d'une vie de combat. Il se retourna vers son vieil ami et le vit plus pâle et plus vieux que jamais. Non, Acha ne l'accusait pas. Il faisait un simple constat. Sa vie aurait pu être utile, elle avait été absurde. Absurde, oui ! Sa femme remariée à un *narco man* de Miami et elle-même intoxiquée ! Son fils embrigadé dans les Juventud comunistas qui ne lui adressa plus la parole après le départ de sa mère, et mort peu de temps après dans un stupide accident de voiture. Absurde, oui, des compagnons de longue date tués sous les ordres de Che Guevara lui-même dès les premières semaines de l'arrivée au pouvoir des guérilléros. Absurde encore, son jeune frère Carlos, brillant ingénieur, condamné à creuser des trous pour les plants d'agrumes à l'île des Pins. Et lui, Sergio, l'ami, le mari, le père, le frère, après avoir été de tous les combats et de toutes les défaites, rongé par une idée fixe que tous appelaient « ulcère » mais qui portait aussi un autre nom ! Sur le point de trahir une fois encore et d'une manière encore inconnue, Sergio, lui, connaissait le nom de ce douloureux ulcère, un insoutenable problème de conscience. Oui, tout cela était dément ! Qu'allait-il trahir, cette fois ? Qui allait-il trahir ? Sa conscience, d'habitude si prompte à lui indiquer la voie, s'était en effet enlisée. Cette emmerdeuse, toujours apte et si diligente à formuler les sentences, n'avait plus que des questions à lui proposer. Et ces questions n'étaient pas de nature à le réconforter.

Non, Sergio n'avait toujours pas trouvé de réponses. Est-ce que dénoncer un complot d'assassinat est un crime ? Est-ce que ne pas le dénoncer en est un ? Est-ce que dénoncer un complot d'assassinat fomenté par des rebelles convaincus de la légitimité de leur geste est criminel ? Est-ce qu'un geste de loyauté envers les uns qui s'avère une trahison pour les autres est justifiable ? Y aller selon sa conscience est-il suffisant pour rester dans la vertu ?

Acha semblait épuisé. Sergio l'aida à s'allonger sur son lit. Lui-même s'installa dans le fauteuil et se laissa bercer par le ronflement tranquille de son vieil ami.

～

Le silence était frais. Un enfant pleurait quelque part. S'il avait pu pleurer lui aussi, de ces larmes gonflées et brillantes qui ont goût de mer!

— J'ai honte…

Acha réagit:

— Que dis-tu, *hijo*?

— J'ai honte, Acha. J'ai tellement honte. Tu ne peux pas savoir à quel point. Peu importe le choix que je vais faire, je sais que ce sera la plus grosse erreur de ma vie. Et Dieu sait si j'en ai fait, des erreurs! Mais j'avais au moins choisi de les commettre. Aujourd'hui, ce n'est plus la même chose. Je suis pressé par le temps et, pire encore, j'ai perdu toutes mes balises. Je ne sais plus faire la différence entre une décision, un coup de tête et un alibi.

— Quoi que tu en dises, tu as toujours ton libre arbitre, insista Acha, tu peux encore prendre une décision. Je te suggère de te concentrer sur ce que tu as à faire et que tu fais le mieux. Tu es un bon médecin, alors rends-toi à ce congrès auquel tu dois participer. Ce que tu en rapporteras ne peut qu'améliorer notre sort, surtout celui des plus démunis d'entre nous. Et laisse tomber le reste.

— Tu as certainement raison, mais partir au Canada, dans les circonstances, ne serait qu'une façon de fuir.

— Tu ne t'absenteras qu'une dizaine de jours, non ?

— Tout s'embrouille dans ma tête, Acha. J'ai la corde au cou et je ne peux rien te dire sans mettre ta vie en danger. Tu dois comprendre que je n'attends plus que le moment où l'on fera basculer le trépied.

— Au moins, ne le fais pas toi-même. Je crois que tu es devenu ton pire ennemi.

— Tu as raison, je ne sais même plus discerner le bien du mal. Je ne trouve pas la moindre solution parce que je n'ai plus une parcelle de conviction. Les événements se dérouleront d'eux-mêmes, je ne suis qu'un rouage insignifiant.

Cet ulcère lui ravageait les entrailles. Il ne pouvait se confier à personne, surtout pas à son vieil ami malade. Acha ne saisissait pas l'urgence de la situation. Le prochain coup… L'assassinat de Fidel lui-même ? Ou l'exécution de Manuel Sánchez et de ses hommes ? Oui, il était seul. Recroquevillé ainsi dans son fauteuil, plus maigre qu'hier avec les mains lourdes au bout des bras, il était seul. Qu'elle était belle la guérilla avec ses chants révolutionnaires et la barbe du Che. ¡*Adelante*! En avant, marche! Ils avaient bien piétiné.

Sergio roula jusqu'aux coudes les manches de sa *guayabera*. Puis, sur le ton dramatique de celui qui prononce ses dernières volontés, il implora Acha:

— Ne pars pas sans moi. Surtout ne pars pas.

Debout près du lit étroit, Sergio regarda son ami droit dans les yeux. Ce qu'il y vit de compassion, de bonté, de droiture, aurait dû lui inspirer les réponses à ses questions. Mais le désespoir qui l'habitait lui interdisait toute tranquillité d'esprit.

— Tu pourras toujours compter sur moi, et tu le sais, murmura Acha qui avait compris les appels au secours de Sergio. Mais ne perds jamais de vue que tu détiens les réponses. Retrouve tes esprits, reste calme. Et que je sois vivant à tes côtés ou dans tes souvenirs, là n'est pas l'essentiel.

Sergio sentit ses larmes monter. Il lui fallait se retenir fermement à la réalité pour ne pas perdre contenance. Un petit radio-réveil attira son attention; il tourna le bouton jusqu'à Radio Reloj*. Ce tic-tac persistant le réconforterait ou plutôt le sécuriserait. Un tic-tac d'horloge qui planait au-dessus de leur tête à tous, qu'ils soient américains, russes ou cubains. Ce tic-tac d'horloge plus puissant que toutes les guerres et tous les tours de lune. Implacable, ce compte à rebours incontournable auquel ils étaient tous condamnés. Ce tic-tac les mettait au défi.

— *Radio Reloj nacional : son las nueve y siete minutos.*

— Il est plus de vingt et une heures, je vais me rendre directement à la clinique.

— Et après, pourquoi n'arrêterais-tu pas ? murmura Acha.

Ce n'était plus une question, encore moins un défi, c'était une fatalité. C'était un tocsin. Oui, il allait devoir s'arrêter. Et d'un coup, ce qu'il allait faire lui apparut clairement. Il comprit qu'à son insu, avant de courir se réfugier chez Acha, les jeux étaient faits, qu'il le veuille ou non.

— Bonne nuit, Acha.

— Reviens me voir demain, *hijo*.

CHAPITRE 13

Jeudi 23 juillet 1970, 22 h

Il faisait nuit et la calle 23 fourmillait des files d'attente qui s'allongeaient autour des cinémas et de l'unique restaurant de poissons ayant encore des *pargos** à l'orange au menu.

Sergio se rendait souvent à pied à la clinique San Cristóbal qui occupait deux étages d'un vieil immeuble à moins de deux kilomètres de chez lui. Dans le hall d'entrée, il compta une vingtaine de patientes, des femmes enceintes, surtout. Sans doute persévéraient-elles depuis le matin et, malgré l'heure avancée, elles attendraient encore. Il pénétra dans son bureau où une odeur d'urine imprégnait les murs. L'ampoule orangée de faible intensité se balançant au bout d'un fil éclairait la pièce tant bien que mal. Ayant enfilé une tunique suspendue à la patère, il se dirigea vers le lavabo.

Ce n'est qu'après s'être enduit les mains d'un désinfectant liquide qu'il se rendit compte qu'il n'y avait plus d'eau.

— ¡*Mierda!* ne put-il s'empêcher de mâchonner.

Une infirmière lui présenta une bassine. Il y plongea ses mains gluantes de savon. Sur le mur, la glace fendue sur toute sa longueur lui renvoya un visage de clown ravagé. Il observa les grands cercles noirs autour des orbites avant de constater que sa barbe poivre et sel ne dissimulait plus les rides de ses joues. Venu à bout du dernier bouton de son sarrau, il jeta un œil sur l'horloge : vingt-deux heures trente. De garde jusqu'au lendemain matin, Sergio redoutait la somme de travail qu'il devrait abattre avant de pouvoir se concentrer sur la mission qu'il n'avait pas su refuser.

Il choisit une clé sur le tableau.

Comme un automate, il traversa un long couloir. Ayant vu qu'une auxiliaire somnolait dans un fauteuil à l'entrée de l'officine, il hésita avant d'aller plus loin. Il resta figé sur place quelques instants, prêt à faire demi-tour au moindre signe. Mais la dormeuse ne bougea pas. S'enhardissant, il ouvrit la porte qui grinça, s'inquiéta du marmonnement qu'il perçut et s'immobilisa de nouveau en attendant que la jeune femme se soit rendormie. Sans allumer la lumière, il marcha jusqu'à l'armoire à moitié vide et constata qu'elle ne comptait plus que deux flacons d'éther. Il en retira un qu'il coinça dans sa ceinture en se disant qu'il était plus que probable que ce vol soit rapidement remarqué. Mais pour le moment, l'ample tunique le dissimulerait. Revenu sur ses pas, il entendit de nouveau les ronflements réguliers de l'auxiliaire toujours recroquevillée sur son siège. Il s'empressa de regagner son bureau où, après avoir enroulé le flacon dans un journal, il l'enfouit dans son porte-documents.

L'infirmière de garde lui apporta une planchette qui contenait des accessoires métalliques et ouvrit la porte du bureau afin d'annoncer aux patientes que le docteur Masíquez allait commencer les visites. Les femmes arboraient un air résigné. Pour les avoir suivies tout au long de leur grossesse, Sergio savait qu'aucune d'entre elles n'avait échappé à l'anémie, quand ce n'était pas à l'asthénie cardio-vasculaire. Sans fruits ni légumes, sans lait ni viande sur les étals des commerçants, que pouvait-il leur prescrire ? Ailleurs et pas très loin, des enfants mouraient de faim, et ça, le gynécologue de la clinique San Cristóbal ne le savait que trop bien. Il y avait tant de façons de mourir. *¿Quién es el último?* Qui est le dernier ? On manquait de médecins, de lits, de médicaments, de tout. Les appareils les plus courants pour les examens prénataux étaient pour la plupart hors d'usage. C'était pourtant l'une des meilleures cliniques de maternité de La Havane.

Perturbé par les décisions qu'il devrait prendre au cours des prochaines heures, Sergio se sentait très loin de cette salle d'examens. Il adressa néanmoins un signe de la tête à l'infirmière qui se tenait devant lui, un dossier à la main, et elle fit entrer la première patiente. Peu à peu, la misère des autres lui fit sinon oublier, au moins mettre de côté la sienne. Un gémissement mit soudain la salle en émoi. Une jeune femme à demi allongée se tenait le ventre.

— Elle a des contractions depuis un bon moment. Vite, elle va accoucher ! appelait à l'aide sa compagne.

Deux infirmières l'amenèrent jusqu'à l'ascenseur. Mais l'antiquité refusa de démarrer.

— C'est insupportable ! osa l'une des deux infirmières.

On transporta la jeune femme à bout de bras jusqu'à l'étage où l'on put enfin l'allonger sur une table à roulettes et l'amener dans la salle de travail. Cet endroit était en fait un corridor où étaient alignés une vingtaine de lits sans draps. On déposa la jeune femme sur un matelas taché.

— Faites quelque chose, c'est trop dur ! Je vous en prie, donnez-moi un calmant, n'importe quoi !

Sergio vit la femme en sueur. Les infirmières s'affairaient à son chevet.

— Des anesthésiants ? Il n'y en a plus depuis des semaines, déplora une infirmière.

— Il y a encore deux flacons d'éther dans la remise.

L'allusion à ces flacons, les derniers à traîner sur les tablettes poussiéreuses de la réserve, fit frissonner le médecin.

— Le travail a ralenti, les contractions sont moins importantes, pas d'éther pour le moment, ce serait imprudent, décréta l'infirmière en chef.

— Vous avez raison, ne prenons pas ce risque, confirma le médecin tout en procédant à un examen.

— Tout est normal, docteur ? demanda la jeune femme agitée.

— Ne vous inquiétez pas, Luisa, tout va bien. Ce n'est pas pour tout de suite, respirez calmement, essayez de vous reposer. Je continue les visites au rez-de-chaussée, je reviendrai plus tard. Je vous laisse entre bonnes mains et je ne serai pas loin, la rassura le médecin.

Puis, se tournant vers l'infirmière, il murmura à son oreille :

— N'hésitez pas à m'appeler dès que le travail reprendra.

Ayant déjà vu une dizaine de patientes et s'avisant de l'heure, Sergio remonta au pas de course dans la salle de travail. Sa patiente semblait calme, une infirmière à son chevet.

— Comment allez-vous, Luisa ? s'informa le médecin.

— Je ne sens plus rien, souffla la jeune femme.

— Le travail ne progresse pas. Peut-être qu'il faudrait provoquer…

Sergio prit connaissance des dernières informations sur le cœur du fœtus et se rembrunit.

— Césarienne !

Deux heures plus tard, le docteur Masíquez dut s'avouer vaincu. On transporta la jeune femme encore sous les effets de l'anesthésie dans une salle commune. Elle apprendrait à son réveil la triste vérité. La nuit s'écoulait lentement, étouffante.

❧

S'étant assoupi en se répétant qu'il avait beaucoup à faire, Sergio s'était égaré dans un demi-sommeil inconfortable. Lorsqu'il ouvrit les paupières, une lumière bleue vacillait sur les tuiles de pierre. L'aube, déjà. Il étira les jambes et marcha jusqu'à la fenêtre. La Havane ne dormait jamais. Moins bruyantes mais tout aussi interminables, des queues pour tout et rien s'étiraient sur les trottoirs pendant que d'autres disparaissaient dans les *guaguas* ou s'animaient à l'annonce d'un arrivage.

Il fit un peu de rangement sur sa table de travail avant que le personnel de jour ne commence à prendre possession des lieux. Les premiers arrivés le trouvèrent assis à son bureau en train de consulter des dossiers.

— Dure nuit, docteur?

— Horrible! Nous avons perdu un enfant.

— Celui-là n'aura pas à faire son service militaire, commenta le jeune médecin.

La remarque prononcée d'une voix acerbe tomba comme du plomb. Sergio revenait lentement à sa réalité, celle qui l'attendait au cours des prochaines heures. Que lui servait-il, en effet, de mettre des enfants au monde? Partout régnaient racisme, guerres, famines. Quelle supercherie, surtout ici et maintenant, après plus de dix ans de régime castriste, et après y avoir tellement cru! La vraie défaite de la Perle des Antilles n'était-elle pas la mort de l'espoir? La Perle des Antilles! Elle s'était écaillée, la perle!

— Et la mère ? se reprit le médecin.

— Luisa va bien, compte tenu de ce qu'elle a traversé. Elle s'en tirera. Heureusement, car il y a trois enfants qui l'attendent à la maison !

— Vous, en revanche, vous avez l'air exténué.

— Ça va, merci.

Le jeune médecin lisait à haute voix les dossiers empilés sur le bureau de Sergio et ce dernier commentait d'un mot ou deux, se disant que c'était sans doute la dernière fois qu'il accomplissait ces tâches routinières. Des gestes qu'il avait eu tant de bonheur à répéter.

— Je monte faire la visite du matin. Vous pouvez rentrer chez vous, docteur Masíquez, ne vous inquiétez de rien, je prends la relève.

— Je préfère monter avec vous.

Redoutant ce qui l'attendait de l'autre côté de la porte de la clinique, Sergio repoussait ce moment où, une fois encore, sa vie allait basculer. Puisque demain il ne pourrait être qu'assassin ou traître, il renoncerait à la vie. Cette visite serait sa dernière.

— J'aurai tout le temps de me reposer, je prends trois jours de congé.

— Vous irez entendre le discours du *Jefe* ! Moi, je suis de service le 26, je ne pourrai pas me rendre à la Plaza et je devrai me contenter de la radio.

L'allusion au discours de Fidel le fit tressaillir. Sergio tâta sa ceinture. Le flacon n'y était plus… Bien sûr, il l'avait caché sous des dossiers dans son porte-documents. Il se sentit oppressé. « J'ai tant à faire, tant à faire », se répétait-il intérieurement. Pourtant, il tenait à effectuer cette dernière visite avant de s'embarquer dans cette entreprise téméraire. Tiendrait-il jusqu'au bout ? « Le bout de quoi ? » s'interrogea-t-il. Ce qu'il allait accomplir au nom de principes qu'il n'arrivait même plus à identifier pourrait-il améliorer le sort de ses semblables ? N'eût été l'état d'abattement dans lequel il s'était affaissé, il l'aurait souhaité de toute son âme. Mais il ne ressentait qu'une immense faiblesse et une honteuse impuissance.

Déjà le couloir s'animait. Les accouchées des jours précédents se relayaient dans les douches avec la consigne de ne pas utiliser plus de quelques litres d'eau chacune. D'autres dormaient encore, alors que la plupart attaquaient les petits-déjeuners constitués de café au lait et de pain au beurre d'arachide, cadeau que la clinique offrait à ses nouvelles mamans. Du beurre d'arachide mélangé à du miel offert par les missionnaires évangélistes qui entretenaient de belles plantations, cultivaient leurs propres arachides et élevaient des abeilles depuis plus d'une décennie dans la région de Santa Clara.

Sergio se rendit directement au lit numéro dix. Luisa était légèrement fiévreuse.

— Qu'on la transporte dans la chambre privée.

— C'est impossible, le colonel Rua l'a réservée pour sa nièce.

— Elle est là, sa nièce? demanda Sergio sur un ton impatient.

— Non, l'accouchement est prévu pour aujourd'hui ou demain…

— Puisque cette chambre est libre, transportez-y Luisa tout de suite! Et veillez à ce qu'elle prenne les antibiotiques que j'ai prescrits.

— Nous ne disposons plus que d'une seule boîte.

— On m'a promis de nous livrer quatre traitements complets avant demain. En attendant, administrez tout ce que nous avons à Luisa.

L'infirmière secoua la tête d'un air réprobateur.

— C'est l'équipe de jour qui va en subir les conséquences si la nièce de Rua se présente aujourd'hui! confia-t-elle à sa compagne.

Suivi du jeune docteur Ramírez qui allait prendre la relève, Sergio traça quelques lignes au bas du dossier de Luisa avant de le présenter à son collègue. Puis il retira son sarrau, se lava longuement les mains malgré la consigne d'économie d'eau, attrapa son précieux porte-documents, salua à la ronde et quitta la clinique.

— Je ne suis plus médecin.

Chapitre 14

Vendredi 24 juillet 1970, 8 h 20

Sergio remonta lentement la calle 23. Ce flacon qui alourdissait sa serviette, quel usage en ferait-il? Sa décision n'était pas encore prise et il doutait de pouvoir parvenir à la prendre.

— Vous avez l'heure?

Sergio sursauta, prêt à se défendre. Il tourna légèrement la tête, gardant sa main gauche sur l'estomac. C'était une petite fille qui tirait sur sa serviette.

— Quelle heure est-il, monsieur, s'il vous plaît?

— Huit heures vingt, parvint à répondre Sergio à bout de souffle.

Lundi à la même heure, où serait-il? De nouveau dans une cellule de la Cabaña? Traqué quelque part à Camagüey? Tranquille chez lui en train de lire le *Granma*? À Montréal au *Ritz-*

Carlton? Dans un gîte de la métropole québécoise accueillant les réfugiés politiques? Ou mort, enfin! Tout dépendrait de l'usage qu'il ferait du flacon. «Et si je laissais tomber la serviette, tout simplement? Ainsi, plus de décision à prendre.» Il ne sentait plus le bras qui la retenait, engourdi, coupé. Il ne ressentait qu'une grande fatigue, comme celle d'un convalescent alangui. Déjà, la chaleur l'accablait. À huit heures du matin à La Havane, en juillet, il fait chaud. Il lui aurait été tellement agréable de s'asseoir tranquillement à la terrasse d'un café et de mordre dans un croissant. Mais non, ce genre de plaisir avait déserté La Havane en même temps que les bacchanales de Batista. S'il souhaitait se sustenter, il lui faudrait faire deux heures d'attente au soleil, rongé par le sommeil, pour finalement se casser les dents sur un morceau de pain rassis. Sergio avait seulement envie de son café au lait.

Gwenny l'attendait, la mine réjouie. Il vit la grande tasse bleue des jours bénis apparaître sur un plateau.

— C'est Clarita qui vous l'offre, fit-elle en déposant le café fumant devant lui.

Une autre journée commençait. Celle du vendredi 24 juillet de l'année de la *zafra* des dix millions de tonnes de sucre. À demi allongé sur son divan, Sergio appréciait son café. Le beau visage de Clarita s'imposa à lui. Cette femme qui lui avait tout donné et qui lui offrait encore tout. Il n'aurait eu qu'à se servir, n'aurait encore qu'à le faire. Mais le guerrier fatigué ne désirait plus rien.

Même avant ce mariage de convenances, alors qu'il aurait pu faire des projets avec la petite Cardoso, jolie fille de dix-huit ans amoureuse de lui, Sergio ne s'était que bien peu préoccupé des états d'âme de Clarita. Elle ne faisait pas partie de ses plans. Il avait été de toutes les guerres, de toutes les révolutions, de toutes les rébellions. Elle l'avait attendu. Comme une fiancée espère le retour de celui qui n'a pas un seul instant quitté ses pensées ni son cœur. Mais lui était revenu sans vie. Et cette mort dans l'âme était pire que la vraie, plus abominable que celle qui dégage une odeur fétide. Oui, celle qu'il avait ramenée d'Espagne avait des relents de charogne, des miasmes des cadavres qu'il avait dépecés. En 1937, c'était la guerre civile. Et ses pensées le ramenèrent à ses obsessions coutumières.

— Pourquoi ? s'écria-t-il, voulant retenir l'image de Clarita, mais ne parvenant plus à enrayer le flot d'images insoutenables qui s'étaient mises à déferler.

La guerre civile espagnole ! Sergio était allé combattre avec les républicains, entraîné par la jeunesse fougueuse et idéaliste de Pablo de la Torrente Brau. N'avait-il aucun sens commun ? Aucune capacité à prendre ses propres décisions lorsque confronté à des sollicitations extérieures ? Ceux qu'il suivait sans coup férir s'étaient trop souvent avérés féroces et sanguinaires, et lui, bon soldat, avait obéi aux ordres sans sourciller. Il revoyait cette scène du massacre d'une famille entière sous prétexte qu'elle recevait à déjeuner une tante religieuse en permission pour quelques heures.

— Les brigades internationales ! gémit-il.

Bien que déchaînée, l'attitude des brigades ne pouvait en aucun cas donner raison à Franco, mais elle aurait quasiment pu l'excuser. Il y avait eu tant de morts. Celle de Brau, entre autres, son idole tombée héroïquement à ses côtés.

— Tu as eu raison, Pablo ! Seuls les morts sont des héros ! soliloqua Sergio, caustique.

En effet, son compagnon De la Torrente Brau était mort à la guerre, alors que lui était toujours là, remâchant de vieux souvenirs.

— Pauvre soldat, mort pour rien ! Idiot ! Si tu avais pu te rendre compte ! Et puis non. Après tout, tu es béni de ne pas avoir vu la suite.

Cette guerre affreusement barbare, cette guerre qui avait multiplié les boucheries…

— Toi aussi, tu aurais changé d'avis sur les républicains ! Pire encore… tu aurais changé d'avis sur eux sans pour autant cesser de haïr les autres ! Pas de choix, aucun ! Tu aurais, toi aussi, un ulcère à l'estomac et un autre, plus douloureux encore, à la conscience !

Le soldat Masíquez était revenu vieilli, vidé et aigri de cette guerre d'Espagne. Il en avait retenu qu'il était facile, au combat, d'oublier les raisons idéologiques qui vous ont fait prendre les armes. Il était si facile de se tromper de côté.

La tête entre les mains, Sergio constata qu'il avait les joues brûlantes. Avalant le reste de son café refroidi, il fit l'effort de marcher jusqu'à la fenêtre. Derrière les volets entrebâillés de la maison voisine, il devinait Clarita dans sa robe à fleurs légèrement échancrée dévoilant la rondeur de ses seins, Clarita occupée aux préparatifs du petit-déjeuner. Chaque jour, elle faisait face au défi de sustenter une dizaine de bouches affamées avec le « trois fois rien » que lui octroyait sa carte de rationnement.

Défiant l'œil invisible du Comité de défense de la révolution sur le trottoir d'en face, Sergio vit Francis en sortir pour se diriger vers la ville. Il laissa échapper un soupir de soulagement. Rien n'aurait pu le contrarier davantage que d'avoir à supporter son verbiage ce jour-là.

Une autre heure passa qu'il employa à lire, appelant le calme de toutes ses forces. La poésie de Juan Ramón Jiménez le réconcilia un moment avec le temps et l'espace. Les mots. Déchirants. Suggestifs. Jusqu'à ce qu'une odeur sucrée, un agréable mélange de santoline et d'anthémis s'insinue dans la chambre.

— Tu es là, Sergio ?

— Clarita…

— Puis-je entrer ? Je ne te dérange pas ?

La porte s'entrouvrit et une lumière vive l'aveugla.

— Ça va ?

La voix douce était empreinte d'inquiétude.

— Ça va…

— Es-tu malade ?

— Non, rassure-toi…

— Alors ? Je te sens si préoccupé.

Il ne convaincrait pas Clarita que tout allait pour le mieux dans le meilleur des mondes. Il savait que cette femme avait des antennes lorsqu'il s'agissait de lui.

— Quelques petits soucis.

— À l'agence ou à la clinique ? Tu as passé une dure nuit ? Des cas difficiles ?

Comment s'en sortir? Que dire pour échapper à des confidences compromettantes pour lui et dangereuses pour elle?

— Approche, Clarita, assieds-toi, dit-il sur un ton inhabituellement affable qui n'échappa pas à la femme amoureuse.

Elle vint jusqu'à lui et l'embrassa amicalement.

— J'aime ton parfum, une odeur d'absinthe qui me donne des ailes, murmura-t-il dans son cou.

— Mais je ne te laisserai plus t'envoler, Sergio, n'y compte pas.

Ce n'était pas une boutade. Clarita n'avait pas l'intention de le laisser s'échapper encore une fois.

— Parle-moi, je t'en prie. Que se passe-t-il? Tu as des ennuis avec le G2?

— J'ai des ennuis, oui. Mais pas avec le G2. Je ne peux pas te les confier.

Contrairement à son habitude, il avait oublié ses mains sur les hanches de Clarita. Elle restait contre lui, le souffle court.

— Je te sens aux abois.

Sergio la contemplait, silencieux.

— Tu ne peux rien me dire, d'accord. Peux-tu au moins me permettre de me faire du souci à ton sujet? Je t'en prie, laisse-moi rester auprès de toi, je ne dirai rien, je ne te demanderai rien, je te le promets.

— Clarita…

Leurs regards se croisèrent. Sergio se sentit rougir, il avait la gorge nouée et il se détesta de ne pouvoir retenir des larmes que Clarita recueillit du bout des doigts.

— Laisse-moi t'aider, Sergio.

Il se ressaisit, respira à fond et murmura :

— Oui, tiens-moi compagnie. Reste. J'ai besoin de toi.

L'expression de Clarita, pleine de langueur jusque-là, s'éclaira aussitôt. S'empressant de redresser quelques coussins perdus sous les draps, elle s'installa à un bout du divan-lit, les jambes repliées sous elle, et attendit que Sergio l'y rejoigne. Ce qu'il fit, un sourire en coin.

— Quoi ? demanda-t-elle sur un ton enjoué.

— Tu ne crois pas que j'ai oublié, tout de même ? Cette pose, ce parfum…

— Quoi ? s'entêta Clarita qui n'avait, certes, rien oublié elle non plus.

La peau de pêche de ses joues rosit davantage.

— Sergio ! Tu ne vas pas croire que je suis venue te faire du charme !

Il rit. Ce fut au tour de Clarita de retenir des larmes. Elle se mordit les lèvres, le temps de retrouver ses esprits. Le souvenir auquel Sergio faisait allusion remontait à la nuit des temps ! Ils étaient si jeunes lorsqu'ils s'étaient enlacés la première fois.

Sergio la serra contre lui mais s'empressa d'engager la conversation dans une direction qui n'augurait rien de romantique.

— Ce devait être la fin du mois de septembre 1930, bredouilla-t-il. Tu n'avais pas seize ans.

Il déposa pourtant un baiser dans ses cheveux.

À l'époque, le pays était touché par une grève générale menée entre autres par le poète Martinez Villena. La guerre politique avait été déclarée entre le président Gerardo Machado, fanatique de la lutte contre le communisme, et ses opposants qui le qualifiaient de « Mussolini des tropiques ». Les réfugiés politiques cubains commençaient à affluer à Miami où ils s'organisaient au sein de comités.

— Le jour de la mort de ton ami Trejo, non ? C'est bien à cela que tu fais allusion ? Ce jour-là, tu m'as embrassée, tu m'as dit que tu m'aimais, que nous allions vivre ensemble un jour. Puis tu es parti faire tes révolutions et tes guerres et tu n'es pas revenu.

— Mes guerres… mes révolutions…

— Ce jour a été merveilleux et fatal pour moi, Sergio.

— Je sais.

Ce jour-là, Rafael Trejo, président de la Fédération des étudiants à La Havane, les avait réunis, eux, les gauchistes qui faisaient craquer les murs de cette université d'État déjà corrompue par l'*asno con garras*, l'âne à griffes, qu'était Machado.

— Vous n'étiez pas allés en cours tes amis et toi. L'université et plusieurs instituts avaient dû fermer leurs portes.

— L'université, murmura Sergio.

Lui, l'étudiant Masíquez, avait hésité. Pour lui, le rebelle, toujours si prompt à s'engager, cette hésitation avait été inhabituelle. De quel côté allait-il se ranger ? Les étudiants s'étaient divisés : il y avait ceux qui refusaient le joug de l'*Amendement Platt* et l'ingérence américaine à Cuba et qui voulaient se défaire à leur façon de Machado, et les autres, dont Pablo de la Torrente Brau et Manuel Marinello, membres du parti qui propageaient les idées communistes chez les étudiants. Sergio se proclamait plus aisément révolutionnaire que communiste et, avant tout, contre Machado.

— Vous n'aviez tous qu'une idée en tête, faire la révolution. Tes copains allaient manifester autant pour le plaisir de chahuter que pour se donner bonne conscience. Quand je pense que je n'ai rien fait pour te dissuader de descendre dans la rue !

— Tu ne m'aurais pas convaincu, tu le sais.

— Tous des entêtés, dit Clarita.

— Oui. Et c'est ce jour-là que j'ai vu Trejo mourir d'une balle de revolver tirée par un policier.

— Ç'aurait pu être toi. Je serais morte de chagrin, Sergio.

— Je n'ai pas eu cette chance.

— Tais-toi. Et moi, je t'ai perdu. Tu as disparu.

— Il me fallait réfléchir, prendre des décisions.

— Sergio Masíquez ! Réfléchir ? Tu es revenu trois ans plus tard ! Je t'attendais.

Plusieurs organisations secrètes, pas toujours efficaces mais toujours enthousiastes, s'étaient peu à peu formées. D'abord, le Directorio Estudiantil, recréé clandestinement, avait organisé la terreur et multiplié les assassinats. D'autres mouvements d'inspiration socialiste avaient suivi, notamment Ala Izquierda Estudiantil et l'Union Revolucionaria, dirigés par les chefs les plus radicaux de l'opposition de gauche. Puis l'ABC, un troisième mouvement clandestin qui reprenait de nombreux thèmes du fascisme mussolinien, avait vu le jour en septembre 1931. Cette organisation, la plus structurée de toutes, travaillait dans l'ombre à la chute de

Machado. Tous ces groupuscules employaient la violence révolutionnaire en réponse à la crise.

On avait recruté Sergio dont la réputation de mutin était bien répandue dans l'enceinte universitaire. En dépit des exagérations et des contresens qu'il déplorait au sein de l'ABC, et parce que cette organisation lui semblait la seule capable de limoger Machado, Sergio avait participé, en 1932, à la préparation du manifeste du mouvement, largement inspiré du programme fasciste italien de 1919. Il n'avait pas vingt ans.

Oui, les années avaient passé. Pour Sergio, engagé dans toutes les batailles, étant de tous les combats, l'amour n'avait pas été une option.

— Je suis revenu le douze du mois d'août 1933, un jour inoubliable.

— Inoubliable? Atroce, tu veux dire.

À la suite des membres de ce groupe auquel Sergio avait aveuglément adhéré, le peuple cubain s'était lancé dans les rues, indiscipliné et sanguinaire, oui! Sergio se souvenait de la petite calle Neptuno, entre Infante et Basarate, où il vivait alors au second étage avec sa mère et ses cousins. Toute la journée et les jours suivants, ils avaient entendu de la rue ces «à mort les *apapapipios** ». On tirait à bout portant, on assassinait!

— Quelle horreur! prononça Sergio sans pouvoir réprimer un spasme. Qu'ai-je fait, mon Dieu!

— Tu y croyais.

Elle prit sa main dans la sienne.

— Tu te rappelles, Sergio? Tu avais été blessé dès le début de la rébellion, ce qui t'avait contraint à suivre les échauffourées de ton balcon. Tu te rappelles cette foule délirante qui marchait en portant le cadavre du chef de la police?

— Quelle horreur! répéta Sergio.

— À cette époque, j'étudiais pour devenir infirmière et en apprenant la nouvelle, affolée, j'étais accourue à ton chevet sans réfléchir. J'avais fait mauvaise impression auprès de ta mère! ajouta-t-elle.

À l'évocation de ce détail, Sergio se détendit et sourit de nouveau.

— Clarita!

— On s'embrassait à la dérobée, entre deux compresses iodées, chaque fois que ta mère et ton oncle quittaient ta chambre. Je n'ai rien oublié…

Tous les deux se turent. Les images du reste de cette journée leur revenaient avec des odeurs de soufre. On allait brûler la dépouille du malheureux policier en face de l'université lorsque Chibás, autre brillant leader étudiant, conscient de l'ampleur des dégâts que leur initiative avait provoqués,

s'était mis à parler avec fougue. Le jeune haran-
gueur avait poursuivi son exhortation pendant
des heures, jusqu'à ce que la foule se soit un peu
apaisée. À la brunante, les derniers manifestants
s'étaient tristement dispersés.

— Je ne veux retenir que les souvenirs heureux
de cette journée, Sergio. Ceux qui nous concernent.
Je me suis appliquée à oublier la plupart de ces
horreurs de guerre, et tu devrais t'efforcer d'en
faire autant. Après toutes ces années, après tout ce
que tu as enduré, après six ans d'emprisonnement… tu ne crois pas que le moment est venu de
débarrasser ta mémoire de ces atrocités ?

Au contraire, tous ces mauvais souvenirs, plus
précis les uns que les autres, se multipliaient dans
la mémoire de Sergio, certains affligeants, d'autres
insupportables. Et l'un de ceux qui ne cesserait
jamais de le hanter lui rappelait que le même soir,
le soir de cet interminable discours de Chibás, de
la chute de Machado et de la mort de centaines
d'innocents, lui et ses cousins, les révolutionnaires
« intransigeants », avaient pourtant caché dans leur
appartement Joaquim de Oro et sa famille, un ami
qui avait été administrateur de la douane sous les
ordres de Machado pendant plusieurs années. Ces
personnes, que la foule qu'ils avaient eux-mêmes
montée et embrigadée recherchait pour les mettre

à mort, s'étaient réfugiées sous leur toit. Ils les avaient cachées, ils les avaient protégées! Eux, les révolutionnaires fanatiques avaient sauvé des traîtres qui avaient servi Machado. Parce qu'ils étaient des amis, de bonnes gens! Pourtant, tous les voisins, pour avoir perdu leurs emplois, leurs entreprises, leurs maisons, voire des membres de leurs familles, victimes des abus des acolytes du despote, avaient une tout autre opinion d'eux. Sergio les entendait encore crier de leurs balcons le slogan qu'il leur avait lui-même suggéré: «Mort aux *apapapipios*!» Quelle déloyauté! Au nom de quels principes Sergio Masíquez s'était-il fait prêcheur, justicier, assassin et sauveur? Christ et Judas!

Que n'aurait-il donné pour que des tranches de son existence s'effacent d'elles-mêmes! Malheureusement, les fragments de son passé que son esprit tourmenté lui ravissait un à un n'étaient pas les violences inadmissibles, mais plutôt les capiteuses sensations de bonheur, ces émotions pareilles à l'ivresse des profondeurs vécues dans l'aura de Clarita. En fait, lorsqu'il repensait à ces années de jeunesse où il lui avait été donné de tenir cette femme dans ses bras, il avait l'impression de se rappeler l'existence d'un autre.

— Je suis fatigué, Clarita, si fatigué!

— Allonge-toi, j'attendrai que tu t'assoupisses pour partir.

— Reste encore, c'est si bon de t'entendre. Raconte-moi ta journée d'hier, dis-moi ce que tu feras aujourd'hui. Parle-moi de tes neveux, sont-ils revenus du *campo* ? Et ta nièce, l'adorable Marisa ? Presque une femme, déjà !

Clarita le gratifia d'un sourire triste. Elle n'était pas dupe. Ressasser les combats d'antan relevait de la confession pour Sergio, et suggérer cette conversation anodine signifiait que le temps des confidences était terminé. Sachant qu'elle n'apprendrait rien de ce qui troublait vraiment l'homme qu'elle aimait, elle engagea un monologue sans danger. Sergio, de nouveau allongé sur son divan, s'abandonna aux mains affectueuses qui lui massaient les épaules. Bercé par les propos badins, légèrement troublé par les caresses, il se concentra sur ce moment de félicité, le souhaitant sans fin. Lorsqu'il se fut endormi, Clarita déposa un baiser sur sa joue, alla jusqu'à effleurer sa nuque du bout des lèvres.

Ayant rabattu les volets, elle quitta à regret la douceur de la pièce baignant dans un clair-obscur.

CHAPITRE 15

Vendredi 24 juillet 1970, midi

Dès qu'il se réveilla, son regard se posa sur son porte-documents. Sergio ne parvenait pas à détacher les yeux de cette mallette qu'il avait rangée sous la table basse. La valise ne contenait pourtant ni arme ni dynamite, qu'un malheureux flacon d'éther. « Et si je laissais tout tomber, pensa-t-il. Si je disais à Manuel : j'abandonne ! Je suis trop vieux, je n'ai plus la foi, je veux dormir en paix ! » Il avait prononcé les dernières paroles à haute voix. Gwenny entrouvrit la porte.

— Vous m'avez appelée, monsieur ?

— Non, murmura-t-il en rechaussant ses derbys.

Tout abandonner, dormir en paix ! La canicule suffocante arrêtait le temps, suggérait l'inertie. Ce n'était pas une excuse, mais ce n'était pas un soutien non plus. Sa vue s'embrouilla, il eut un vertige, chancela puis revint à lui. Il n'avait rien mangé depuis la veille. Il resta longtemps immobile, assis sur le rebord de son lit. Ayant davantage ruminé que réfléchi, ne s'étant qu'assoupi et n'espérant plus trouver le sommeil, une dévorante envie de se confier le prit à la gorge.

Quelques minutes plus tard, Sergio sauta dans une *guagua* qui l'amena chez son vieil ami.

➚

Acha ne se retourna pas. Le corps trop lourd pour ses jambes, il se servait aussi de ses mains agrippées à la rampe de fer du balcon. Sergio avança jusqu'à la porte d'où venait la lumière, puis il baissa la tête comme si l'encadrement ne pouvait le contenir. Le soleil de midi, flou sous les nuages, diffusait sa lumière trouble sur la ville.

En face, sur le mur raclé de la pâtisserie, une grande affiche disait : ¡*Todos juntos con Fidel a la Plaza el 26 de Julio!* L'inscription rouge lui brûla les yeux. « Tous ensemble avec Fidel... » Bien sûr qu'ils y seraient tous sur la place ! N'avait-on pas fait ce qu'il fallait pour ça ? Chaque logis avait cet encart révélateur accroché à son entrée : « Dans cette maison, sept personnes sur neuf iront entendre Fidel le 26 », ou, mieux vu encore,

« quatre sur quatre » ! On avait fait du porte-à-porte pour vérifier les noms des gens qui avaient officiellement promis de s'y rendre. C'était ça leur liberté. À l'étranger, on allait bêtement conclure que le peuple cubain acclamait encore Castro, la preuve étant qu'une foule immense et enthousiaste serait venue l'entendre et l'applaudir.

Une soupe à rien dans laquelle bouillait un doigt de gras éclaboussa le fer-blanc de la plaque à deux feux. Le vieillard se retourna :

— Bonjour, Sergio, tu as faim, *hijo* ?

— Pas vraiment. Ça va ? demanda Sergio en embrassant son vieil ami.

— Ça va.

Acha fit quelques pas en direction de la cuisinette. Sergio le trouva vieilli. Vieux et beau.

— Je n'ai rien, mais si tu veux partager…

Sergio se sentait chez lui dans cette chambre surchargée d'objets qui parlaient de la vie d'Acha Aragon. À l'étroit, protégé, il s'inventait une forteresse.

— Avec plaisir.

— Tu me sembles plus calme qu'hier, Sergio.

— Calme ? Disons engourdi. Il est reposant de s'avouer sa lâcheté.

— Ta lâcheté !

— Maintenant que je lui ai concédé la partie, je sais qu'elle a l'avantage et je ne lutte plus.

Il avait prononcé ces dernières paroles d'une voix amère. Sergio fixait la petite marmite mais ne la voyait pas. Acha faisait glisser ses pantoufles sur le parquet. Il étendit sur la table à peine plus grande que la cuisinière un napperon à carreaux et y déposa deux cuillères le long des bols écaillés. Au moyen d'une louche tordue, il retira le morceau de gras du jus grisâtre. Sergio ne bougeait pas, il avait cette rare impression d'être bien. Il aimait Acha, lui vouait tout son respect. En fait, c'était de là que lui venait son réconfort. Une étrange douceur l'envahit. Ce moment ne dura pas. Très vite, il ressentit de la honte. Comment osait-il prendre place à la table d'Acha ?

Le vieillard avait coupé le gras en six bouchées qu'il avait réparties dans les bols. Tendant le bras, il attrapa un sac de bouts de pain sec et en offrit à Sergio. Ils émiettaient les croûtons dans le bouillon, le jus s'épaississait. Cette bouillie n'avait ni saveur ni odeur mais elle tombait chaude dans le ventre. Acha faisait du bruit en aspirant sa soupe. « Comme Francis », pensa Sergio en souriant. Lorsque son colocataire mangeait bruyamment en sa présence, il y avait inévitablement une dispute sur le sujet. Sergio ne pouvait le supporter. Mais entendre Acha engloutir le pain ramolli dans l'eau grasse fut à ce moment-là un bonheur. Il eut envie de se lever et d'embrasser le vieillard. Mais il vit sa propre main poilue et veineuse, il n'était plus un petit garçon. Acha lui reversa du bouillon tiède.

— Tu es de garde ce soir?

Sergio sursauta. Depuis plus d'une demi-heure qu'ils étaient ensemble, aucun d'eux n'avait parlé, ou si peu. Acha s'était levé de table et préparait déjà les cafés. Sans doute n'attendait-il pas de réponse à sa question. Ils se connaissaient profondément et, dans leur relation, les mots n'étaient pas tout. Mais, ce jour-là, Sergio avait besoin de parler, surtout de rien.

— Non, je suis libre jusqu'à…

Mais ne parler de rien lui était impossible. Dans sa bouche, les mots prenaient un sens plus grand que nature. Il allait dire « je suis libre jusqu'à lundi » ! Par là, il aurait voulu dire « je suis en congé, je vais me reposer, dormir un peu, faire une partie d'échecs avec toi, Acha », mais dans sa bouche, le sens des mots s'intensifiait ou s'atrophiait.

Acha avait compris. Il n'allait pas insister. Il prit place dans son fauteuil et déroula un vieux *Figaro littéraire* qu'un ami de l'Alliance française lui avait prêté. Sur la couverture on demandait : «Pour ou contre Camus?» La revue s'ouvrit d'elle-même à la page douze. *Même sa mort est d'aujourd'hui… Mais les révolutions sont rarement triomphantes. Et les lendemains de révolutions sont parfois tristes…*

Une *cucaracha* se traînait le long de la plinthe. Sergio n'eut même pas un geste pour écraser l'insecte. Une aigreur le fit frémir. Sa main tâta sa poitrine, sa paume repéra la brûlure et ses doigts, le paquet de Populares. Il sortit sur le balcon pour fumer. Une chaise en bois occupait plus de la moitié de l'avancée. Il s'y laissa tomber.

L'orage venait un peu plus tôt que la veille. Le soleil avait disparu derrière les nimbus et La Havane était sombre. Acha lisait, discret et présent. Le temps s'alourdissait, plus gris. Cette pénombre du milieu du jour faisait une accalmie dans l'esprit du guérilléro. Il allait rester tranquille et attendre. Le temps jouerait maintenant pour lui, bien que pas nécessairement en sa faveur. Laisser couler les heures et attendre. Attendre que quelque chose se passe ou ne se passe pas. Il verrait bien. On lui ferait voir! Quand il étira les bras pour échapper à la somnolence, un grondement plein de feu et d'écho le fit sursauter. La pluie entrait chez Acha. Ni l'un ni l'autre n'eut l'idée de fermer la porte.

— Acha, tu te rappelles ce que l'on voulait dire par « faire son devoir » ? demanda Sergio depuis le balcon.

Ils ne se voyaient pas mais l'un supposait l'autre les lèvres accrochées à un mot, cherchant les autres.

— On m'a appris que « faire son devoir », c'était faire un geste ou prononcer une parole, indépendamment de sa volonté, à la seule lumière des principes inculqués ou de l'éducation et des ordres reçus, récita Acha.

— C'est un sophisme qui m'a fait commettre bien des erreurs.

— Peut-être que « faire son devoir », c'est plutôt agir selon sa conscience, indépendamment des ordres, Sergio.

— Mais c'est tellement facile de se leurrer et de se fourvoyer.

L'orage venait plus fort que la veille. La petite rampe de fer rouillé déteignait sur la mosaïque. L'eau rouge roulait, épaisse, jusqu'à la glacière. Sergio avait le visage ruisselant. Que ce ne soit pas de sueur lui plaisait.

— J'aurais besoin de croire que j'ai fait le mien. J'aurais souhaité avoir une dernière fois l'illusion du devoir accompli. Pour ça, il faudrait que je passe aux actes, par lâcheté ou par conviction, je n'en sais rien, mais je devrais le faire. Pourtant, je crois que je n'en ferai rien.

— Ne fais pas de bêtise, mon garçon.

Acha marcha péniblement jusqu'à son lit.

— Donne-moi un peu d'eau, s'il te plaît. Ma digestion…

Il buvait l'eau fraîche à petites gorgées dans une tasse en granit. Sergio s'inquiéta de la pâleur de son ami.

— Tu ne te sens pas bien et tu sais que ce n'est pas un problème de digestion.

Il tâta le pouls d'Acha en fixant la trotteuse de sa montre.

— Ton cœur bat normalement, mais je n'aime pas ces maux d'estomac faciles à confondre avec des crises d'angine. Laisse-moi appeler le collègue cardiologue dont je t'ai parlé. Il est de la vieille école, il te plaira.

— Mais non ! Ce n'est rien ! Le repas sans doute, le gras. C'est le gras ! Je ne devrais pas manger de *tocino**.

Sergio n'ajouta rien, c'était inutile. Et qu'aurait-il pu manger d'autre ? Il enverrait tout de même un médecin, car il craignait un infarctus, les symptômes concordaient.

— Réchauffe un peu de café.

La tempête était passée. Une odeur d'après orage s'insinuait dans la pièce, fleurant la terre. Sergio tourna un bouton de la cuisinière et entendit vibrer la cafetière bosselée sur l'élément rouge. Acha se souleva légèrement :

— Tu vois, l'eau bout déjà.

Sergio sourit malgré lui. L'odeur du café fort parfumait la chambre et Sergio s'inventait un bien-être, se rattachant à des sons, à des odeurs. Il se sentait bien dans cette pièce trop étroite où l'eau s'infiltrait partout. Et il pensa qu'il était de ceux que tout ou rien rend heureux ou malheureux.

CHAPITRE 16

Vendredi 24 juillet 1970, 14 h 30

Sergio regagna sans se presser la calle F au cœur du quartier Vedado. La journée s'écoulait vaporeuse et moite. Le ciel ne se dégagerait pas. Affairée au nettoyage des contrechâssis, Gwenny chantait à tue-tête. Sergio crut reconnaître *Besame mucho*, les fausses notes le déridèrent. Mais lorsqu'il aperçut Francis appuyé à la clôture, l'idée lui vint de faire demi-tour. « Pour aller où ? » se ravisa-t-il. Il n'avait plus besoin de solitude, au contraire le silence le tourmentait.

Clarita l'avait vu venir depuis le bout de la rue. Trente ans plus tôt, elle aurait accouru à sa rencontre. Trente ans plus tard elle venait, tout simplement. Sa démarche ondulante semblait s'accorder à une musique inaudible. Il la contempla, grande, les hanches bien taillées, les seins capiteux, elle suggérait l'amour. C'était maintenant seulement qu'il réalisait combien la présence de cette femme le réconfortait et à quel point il l'avait toujours souhaitée et réclamée. Il aurait pu aimer Clarita autrement, il aurait dû. Mais il faut être en paix avec soi-même pour aimer, il faut s'arrêter et prendre le temps de sentir la chaleur s'installer dans le ventre. Il se sentit méprisable. Le feu qui le consumait avait d'autres sources. La honte, la peur ou simplement cet ulcère. Que venait faire l'amour dans ses réflexions? Il se souvint du sourire de Clarita au temps où l'espoir d'être aimée de lui l'habitait encore. Oui, c'était sa faute à lui si les lèvres douces et offertes de Clarita l'avaient été en vain.

Elle était déjà près de lui, plus près encore, l'embrassant comme si c'était l'unique façon de l'accueillir. Pour les autres, le geste habituel semblait sans intention. Comment n'avaient-ils pas remarqué, après tant d'années, que ces baisers amicaux contenaient toute l'ardeur de l'amour étouffé dans le cœur de Clarita? C'était sa chaleur au ventre à elle. Elle était toujours calme et avait eu toute sa vie pour la sentir passer! Mais elle était seule et en était encore comme à ses vingt ans. Clarita n'avait cessé d'attendre son guérilléro.

Sergio s'immobilisa. Un souvenir qu'il croyait à jamais perdu lui revenait. C'était au début du mois de juillet 1953. Le jeune Fidel Castro, son frère Raúl et leur ami Abel Santamaria l'avaient convaincu de se joindre à eux pour attaquer la caserne du Moncada. Avant de les retrouver dans la petite ferme de Siboney, Sergio avait souhaité prendre quelques jours de congé à La Havane dans l'espoir de se réconcilier avec son fils unique qui lui battait froid depuis le départ de sa mère. Mais s'entêtant dans la conviction que le divorce de ses parents incombait entièrement à son père, le garçon dans la vingtaine avait refusé de le revoir. Malheureux, Sergio s'était réfugié auprès de Clarita. Ils s'étaient isolés dans un chalet à Santa Maria.

Tout lui revenait. Les odeurs de varech et celles d'épices émanant de la peau de Clarita, les grondements de la mer et les rires enjoués de Clarita, les bleus du ciel et ceux des yeux de Clarita. Des heures durant, main dans la main, ils avaient arpenté la plage. Ils n'avaient d'yeux que pour le jour et la lumière, ou pour la nuit et les étoiles qui y tombaient. Ils restaient assis l'un contre l'autre dans la dernière vague, bravant le ressac. Il lui avait parlé de voyages et de bateaux, d'îles plus grandes et d'isthmes perdus. Elle l'avait écouté. Il savait que Clarita ne trouvait pas sa place dans ces rêves.

Pourtant, il avait gardé sa main dans la sienne ; mais c'était trop peu, elle se mourait de lui donner bien davantage. Elle avait baissé les yeux, dans un geste humble, sous-entendant que les dieux de la guerre ne font pas l'amour avec une femme mais avec la mer ou avec la vie ! Et lorsqu'il avait pressenti ses larmes, il avait doucement soufflé sur sa nuque. Et son bras autour de sa taille l'avait retenue inutilement. Elle resterait. Il l'avait renversée pour l'embrasser longuement. Il lui avait fait et refait l'amour. Il se souvenait même des algues dans ses cheveux. Les plus doux souvenirs, les plus intenses moments d'amour de toute sa vie, pour le bonheur et le malheur qu'ils contenaient. Et depuis, Clarita n'avait cessé d'attendre son guérilléro. À chacun de ses retours, il la prenait dans ses bras, mais aucune nuit n'avait jamais plus contenu autant de passion.

— Sergio ! Nous t'attendions pour déjeuner.

C'était à la fois une invitation et un regret.

— Merci, c'est déjà fait.

— Tu n'as tout de même pas fait la queue tout ce temps pour un malheureux sandwich !

— Rassure-toi. J'ai partagé le repas d'Acha.

— Comment va-t-il ?

— Son cœur n'est pas solide.

— Je lui ferai une petite visite, lundi, avant de partir pour San Juan. C'est bien vrai, Sergio, tu as déjeuné ?

Ils étaient déjà devant la porte lorsque Francis sortit de la maison en s'écriant :

— Voilà enfin notre médecin mélancolique à l'œil inquiet !

Sergio se mordit les lèvres pour éviter de prononcer une malveillance inutile. Mais il se dit qu'il allait mettre le frondeur à la porte le soir même. Il pouvait enfin le faire, car l'énormité de ce qu'il allait accomplir dans les heures à venir le dispenserait de se justifier d'un acte de si peu d'importance. Il n'avait désormais besoin que de silence et de solitude.

— Ne crie pas, c'est agaçant pour les voisins.

— Je vois que tu es de belle humeur, ça nous changera.

— Tu as vraiment déjeuné ? insistait Clarita, déçue de ne pas avoir l'occasion de s'asseoir auprès de lui quelques instants.

— Oui, oui, Acha avait de la soupe…

Il ne put terminer. Il revit les morceaux de gras flottant sur l'eau grise du bouillon et Acha, généreux et souriant, aspirant le jus. Clarita eut un soupir de soulagement.

— De la soupe! Tu prendras bien un peu de cette omelette que j'ai préparée.

Sergio n'avait même plus envie de refuser. Que lui importait après tout de s'asseoir et de manger une omelette. Il avait des heures devant lui, des heures à tuer; il n'avait plus qu'à attendre. Il avait bien le temps de s'asseoir. Et que pouvait-il faire d'autre?

— Un tout petit peu seulement.

Clarita, Sergio et Francis avaient tous les trois pris place autour de la table. Gwenny apporta un bol de riz et l'assiette d'œufs auxquels Clarita avait ajouté des tranches d'oignons. Ce n'était une surprise pour personne, car c'était, à de rares exceptions près, le menu de tous les jours. Ils en avaient de la chance, les amateurs d'œufs! Quant à ceux qui souffraient du foie, ils n'avaient plus qu'à crever. « C'est d'ailleurs ce qu'ils font », pensa Sergio.

Clarita venait presque tous les jours dans la cuisine de Gwenny cuire les œufs ou les fèves pour lui. Les habitants de la maison voisine savaient pourquoi, mais n'en parlaient jamais. On n'en parlait jamais, par condescendance, par discrétion, par pitié, oui, par pitié pour cette pauvre femme qui avait passé toute sa vie à attendre cet aventurier au sale caractère. On n'en parlait jamais, c'était plus blessant encore. Mais Clarita ne s'en souciait plus.

On eut vite fait de partager l'œuf fade. Quant au riz, on n'y prêtait guère attention. Du riz blanc, sec, sans fèves noires, on préférait passer outre. C'était la fin du mois, il y avait bien dix jours qu'on ne trouvait plus rien. Les rations étaient épuisées.

— Et le porc qu'on ne nous a pas donné au Nouvel an et qu'on nous a promis pour la fête nationale, savez-vous quand on nous le distri- buera ? s'enquit Gwenny auprès de Clarita qui versait de l'eau dans les verres.

Qu'importait à Clarita de recevoir ou non sa ration de viande ! La portion à laquelle elle avait droit, elle viendrait l'apprêter dans cette cuisine, pour Sergio. Et sa famille s'en offusquerait.

— Dimanche matin, annonça fièrement Francis.

— Pour célébrer le discours d'*el Jefe*, ironisa Sergio.

— Mais un quart de livre seulement, précisa Clarita.

— Qu'est-ce qu'on a bien pu faire au bon Dieu, *caramba* ! Et que va-t-il encore nous raconter, ce vilain barbu ? se permit Gwenny.

Francis avait l'œil brillant. Il aimait ces discus- sions où il avait beau jeu pour étaler les élans de sa conscience révolutionnaire ainsi que ses apports fructueux à la cause du Che.

— Et quoi encore, Gwenny? Je te trouve bien grasse, ma chère, pour crier famine! Ne te demande pas ce que fait la révolution pour toi mais plutôt ce que toi tu fais pour la révolution!

— Cette phrase est bien américaine pour se retrouver dans ta grande gueule, fit Sergio hargneux.

— Tu cherches toujours la petite bête. Je maintiens qu'il est lâche de vivre ainsi aux crochets de tous. Gwenny n'est pas allée une seule fois couper la canne, ni toi non plus d'ailleurs!

— Je ne peux pas en même temps couper la canne et accoucher mes patientes! À chacun son métier.

— Des raisons, des prétextes! C'est à cause de gens comme vous qu'on ne les a pas faits, les dix millions! Alors, ne venez pas vous plaindre.

Clarita était sans doute la plus contre-révolutionnaire du groupe mais elle se taisait la plupart du temps. Elle n'irait jamais couper la canne, Fidel pouvait crever, ils pouvaient tous crever, ils pouvaient la tuer, elle n'irait pas. Elle était tout aussi têtue qu'*el Jefe* lui-même.

— Et qu'auraient-ils apporté de plus, ces dix millions? ne put-elle se retenir de riposter.

Clarita avait les joues rouges. Francis et Sergio la dévisageaient, incrédules. C'est le métis qui lui répondit :

— Beaucoup ! Il s'agissait d'un engagement moral. Le monde entier était tourné vers Cuba.

— Un engagement moral ! Le monde entier ! s'insurgea Clarita.

— Tu vas la fermer, Francis ! ordonna Sergio. Une idée fixe, oui, l'idée d'un paranoïaque qui n'a pas hésité à négliger tous les autres secteurs de l'économie pour prouver à je ne sais qui, parce que peu s'en soucient, que Fidel Castro est un grand homme ! Huit millions d'habitants qui ne meurent pas de faim parce qu'on les bourre de riz, mais huit millions d'habitants qui ont perdu toute ambition, tout intérêt de vivre, à qui on a volé leur liberté de penser ! Une tête chaude manipulée par les Soviétiques qui se sont jetés sur Cuba comme des fauves pour tout dévorer. Il faut les voir, ces barbares, débarquer en masse à Cuba en brandissant l'étendard communiste comme des sauveurs, quand on sait très bien qu'ils vendraient leur âme pour venir s'installer dans nos villas, envahir nos plages et réchauffer leur crasse au soleil des Antilles !

Clarita tremblait. Pendant que Sergio s'emportait, elle s'était levée pour aller fermer la porte. La rue fourmillait de militaires soviétiques et bulgares. Lorsqu'elle revint, elle vit que Sergio était livide. Comment en était-il venu à parler aussi librement devant Gwenny et Francis dont elle et lui soupçonnaient depuis longtemps la duplicité?

— Je suis désolé, murmura Sergio à Clarita.

— Ne dis plus rien, Sergio.

Il quitta la table et courut aux toilettes pour vomir l'œuf et le lard. Clarita rapporta les assiettes à la cuisine avant d'aller pleurer sur le patio. Personne n'ignorait qu'on ne s'insurgeait pas impunément contre le système et ses promoteurs. « On viendra l'arrêter, c'est sûr », se dit-elle. Demeuré seul, Francis descendit au jardin, s'allongea sur un banc et alluma un cigare. Il n'avait pas perdu la face, lui.

Lorsque Sergio revint dans la cuisine, même les odeurs d'huile avaient disparu. Gwenny nettoyait bruyamment. Il vit Clarita assise sur la terrasse et il marcha vers elle. Silencieux, il s'agenouilla à ses côtés et l'observa un moment, l'air confus. Elle ne pleurait plus mais cela ne changeait rien à sa mine. Il prit sa main dans la sienne, elle lui sourit.

Les Chinois se berçaient et le mouvement perpétuel des berceaux s'écrasant sur la pierre immobilisait le temps. Rien ne s'était passé, rien n'avait changé. Sergio se releva et retira sa chemise trempée. Il étouffait. En face, sur un mur lépreux, encore et toujours ce graffiti : *¿ Porqué el Moncada ?* Encore et toujours plus moralisatrice qu'intrigante, l'interpellation restait suspendue, sans réponse. Puis il se souvint de ce qu'il allait devoir faire dans les heures à venir.

Clarita déplaça sa chaise sous le parasol.

— Marisa souffre encore de sa blessure à la cheville. Je dois aller à la pharmacie prendre des anti-inflammatoires qu'on m'a promis. J'espère qu'ils les auront reçus. Je les lui apporterai à San Juan, lundi.

«Lundi.» Ce mot n'avait plus de sens dans l'esprit de Sergio. Si près et si loin à la fois. Lundi, tout serait terminé. Laisserait-il vraiment le temps décider à sa place? Il réalisa à quel point il était seul dans cette aventure sordide. Il se leva et embrassa distraitement Clarita. Mais elle y prit plaisir et l'enlaça.

— Sergio… si tu savais…

— Je sais.

Elle marcha jusqu'au grillage et disparut. La gorge nouée, Sergio l'avait vue s'éloigner. De son dragonnier, Francis lui cria des mots qu'il n'entendit pas et qu'il ne fit aucun effort pour entendre. Une milicienne armée d'une carabine passa sur le trottoir d'en face, rêveuse, sans doute égarée dans un improbable voyage. Les Chinois se berçaient plus lentement. Qu'elle était longue, l'attente ! Les voisins de droite étaient moins bruyants. Un autre jour allait mourir et avec lui un peu d'espoir. Des rides s'accrochaient au visage, des cheveux blancs s'ajoutaient aux chignons, des lettres s'étaient perdues, des vieillards attendaient en vain le retour des leurs partis en catastrophe vers Miami et là-bas, des enfants, américains désormais, avaient oublié l'espagnol.

Qu'elle est longue l'attente, lorsqu'on ne croit plus en ses promesses !

~

Le soleil frappait de nouveau. La soirée n'en serait que plus suffocante. Allongé sur son divan, Sergio avait dormi quelques heures.

— Sergio ! Mais réponds-moi donc quand je te parle ! Commandant Masíquez !

Répondre quoi et à qui ? Sergio allait ouvrir les yeux lorsque la grosse main de Francis s'abattit sur son épaule.

— Francis !

— Tu dormais, *amigo* ?

— Que veux-tu ?

— C'est à propos de la fiesta chez les *British*, ce soir. Tu l'avais oubliée ou tu comptes encore y aller?

Il ne comptait plus faire quoi que ce soit, ni ce soir-là ni les autres à venir. Ce n'était plus qu'une question de temps à passer. Cependant, comment aurait-il pu oublier cette invitation? Il n'avait jamais eu l'intention de l'accepter, mais Manuel, toujours au courant de tout ce qui se passait à La Havane, lui avait demandé d'y assister. C'est là qu'un messager lui ferait connaître les dernières consignes.

— J'y passerai peut-être.

— Je pense qu'il est trop tard pour te désister.

— Ce n'est pas de tes affaires!

Francis préféra ne pas insister et tenta de changer de sujet.

— Qu'est-ce qu'elle a, Clarita? Je ne l'ai jamais vue aussi déprimée.

— Clarita? Déprimée? Je ne crois pas.

— Te rends-tu compte que tu es toujours de mauvaise humeur?

— Peut-être. Mais je n'ai pas envie d'en parler.

— Comme tu veux.

— J'ai besoin de tranquillité, pourrais-tu aller vivre ailleurs une semaine ou deux? Je sais que tu as plusieurs amis qui se feraient un plaisir de t'héberger. Moi, je suis fatigué, trancha Sergio.

— Toi, tu mijotes quelque chose de pas beau. Prends garde, je t'ai déjà dit que tu étais toujours du mauvais côté.

Sergio se dit que Francis était bête, pas méchant. Agaçant tout au plus. Ses lèvres épaisses qu'il faisait rouler pour se donner des airs soupçonneux lui dessinaient un visage d'attardé mental. Que savait-il au juste? Il était du G2, tout comme lui, bien sûr. Mais cet agent tapageur dont les interventions se voyaient comme le nez au milieu de la figure, à quoi pouvait-il bien leur servir? On les acceptait tous sans exception, puis on les faisait surveiller par d'autres qu'à leur tour on surveillait.

« Quelle saloperie! Des Judas, tous. C'était cela la vraie tragédie! Pauvre Che! Non, heureux Che, mort avant cette supercherie. Tu es mort quand il le fallait, cela fait partie de ton mérite. Sacré cœur du Che, priez pour nous. Tu es beau, Che, en Christ. Ton béret comme une couronne d'épines. Nous avions besoin d'une relève au XXe siècle, n'est-ce pas? Soldats du Christ au Vietnam, des Christ et des barbus, des Christ et des morales, des Christ et des Judas. Des Daniel dans la fosse aux lions, des Jeanne au bûcher, des Debray torturés, des Kennedy à Dallas, des Cienfuegos disparus, des Luther King assassinés. Oui, il nous fallait des vierges, des saints et des martyrs. Pourquoi pas toi, Fidel ? Tu serais beau toi aussi avec un *Requiescat in pace* sur ta casquette ! Ils t'auront peut-être et bientôt ! Un peu plus de sang, un peu plus de merde. Ils t'auront sans doute, mais qu'auront-ils changé ? »

— Qu'as-tu donc ? Que mijotes-tu ? demanda le milicien.

— Tu me fatigues, mon pauvre Francis.

Sergio devait avoir une mine bien pitoyable pour que le milicien se reprenne ainsi.

— Ça ne va pas, *compañero* ? Avec cette chaleur ! J'y vais. On se voit plus tard.

Francis sortit et traversa la rue sans se préoccuper des voisins, l'air dégoûté, qui l'observaient pousser la porte arborant les lettres CDR et pénétrer dans le hall du Comité de défense de la révolution pour remettre son rapport quotidien. Sergio ne ressentit pas le moindre état d'âme quant aux intentions de Francis. Les Chinois rentrèrent, les voisins de droite allaient se mettre à table. Le jour s'étiolait, il devait être vingt heures.

CHAPITRE 17

Vendredi 24 juillet 1970, 20 h

Lorsque Sergio revint dans la cuisine, il vit que tout était rangé. Gwenny était partie. Des croquettes séchaient dans un poêlon. Une heure sans faim, sans sommeil, sans personne. Une heure pour lui tout seul, à penser qu'il ne pouvait plus penser, qu'il ne devrait pas penser. Les croquettes lui firent horreur. C'était au moins une impression forte. Pâles, sans odeur, certainement sans saveur vu qu'on était à la fin du mois et que la ration de poisson devait en être aux restes de peaux surgelées qu'on faisait mijoter, les croquettes attendraient aussi. Longtemps.

C'était un de ces jours où la brunante tombe triste. Il n'y aurait pas d'étoiles ou peu, de gros nuages menaçaient la nuit et le lendemain. Le dernier peut-être. Jamais Sergio n'avait senti la mort d'aussi près. Pourtant, elle était plus d'une fois passée sur sa route. À cause du temps, sans doute, trop de temps pour la voir s'approcher, encore maquillée par un doute. Le doute plus lourd que la mort elle-même. Ne plus être, à cause de l'avenir qui est devenu un gouffre, et être encore, parce qu'agenouillé au bord du précipice. Depuis longtemps, depuis toujours, il ne croyait qu'en lui-même. Un sourire crispé lui fendit les lèvres. Il se souvint du syllogisme fatal : « L'homme est mortel, or je suis un homme, donc… » Mais la mineure restait à compléter : il y avait tant de façons d'être un homme ! Ou n'y en avait-il qu'une seule, et l'avait-il seulement expérimentée ?

Bruyant, un groupe de soldats russes passait devant sa porte. La conversation était animée. Ils croyaient avoir tellement à dire, les Russes ! Et s'ils n'étaient pas venus, s'ils ne s'en étaient pas mêlés ?

— Mais ils s'en sont tous trop mêlés !

Il eut envie d'un peu d'eau sur le visage. Dans la solitude, les gestes que l'on fait prennent un sens différent. On les fait gratuitement, on n'a pas à produire une impression, on n'a rien à prouver. C'est bon, l'eau qui coule sur le front, juste pour soi. Sergio se rappela qu'il avait été baptisé. Et si le Che ne l'avait pas recruté pour qu'il s'embarque à bord du *Granma*? Serait-il devenu, lui aussi, à l'instar de milliers de ses concitoyens, et par la force des choses bien sûr, américain et soldat du Christ au Vietnam? Car on n'est jamais soldat, même du Christ, sans une petite pression de quelque part, non?

Y avait-il encore des gens heureux de vivre? Peut-être ceux à qui on n'a pas encore appris à vivre? Être un homme, en vérité, n'avait pas été compliqué, jusqu'au jour où d'autres hommes, bruyamment ou sournoisement, étaient venus expliquer ce qu'il y avait à faire et comment il fallait le faire. Alors les hommes avaient dû se distinguer, philosophes, soldats, artistes, ouvriers, politiciens, révolutionnaires. Parce qu'il avait aussi fallu se révolter. L'homme peut-il être à sa mesure s'il ne se révolte pas? Disons qu'il se débat, l'homme. Il se débat contre tout, contre tous et contre lui-même, souvent inutilement. Il n'arrive à rien et les révolutions se succèdent. Elles se succéderont peut-être jusqu'à ce qu'il y ait une grande dictature omnipotente, ou encore jusqu'au retour à Dieu... ou de Dieu. Plus besoin alors de chercher des réponses. Puis les hommes recommenceraient, parce que c'est ainsi qu'ils sont, c'est ainsi qu'ils font. Ils croient toujours pouvoir faire mieux. Cela explique les guerres, n'est-ce pas?

L'heure avançait bien plus sûrement que Sergio. Combien de temps était-il demeuré ainsi, les coudes appuyés sur la table, la tête lourde dans ses mains, lourde à cause des yeux surtout, gonflés et exorbités à regarder mourir les croquettes dans le poêlon ? Il chercha ses chaussures. Il pensa qu'à sa sortie de prison, sans Manuel, sans les autres, sans ses derbys, il aurait pu redevenir sportif. Il eut envie de partir au pas de course, de s'échapper, mais on ne court pas vers la mort. Ou on la fuit ou on y marche lentement, la tête basse ou haute, selon son crime.

Il entendit des bruits de pas et ressentit une grande panique. Il étouffait. La main qui cherchait l'ulcère était moite et resta collée à sa *guayabera*. Il se sentait vieux et laid. Pas vieux comme Acha, un vieillard sage et noble. Que lui était-il arrivé ? Il avait croisé le doute et la peur. C'est laid, un homme qui a peur.

— Sergio, tu es là ?

C'était Clarita, toujours présente, vivante surtout. Sans doute connaissait-elle la vérité. Ou la pressentait-elle. Quand on aime depuis aussi longtemps, on voit au-delà du visage, on entend au-delà des mots.

— As-tu mangé ? Il est tard.

Elle était déjà près de lui, l'embrassant, tâtant son front de sa main douce. Elle se rendit à la cuisine, alluma la lumière et retira les croquettes du feu.

— Mais tout est resté là, Sergio. Tu ne résisteras pas.

Pourquoi devrait-il résister ? Et à quoi ? Dans tous les cas, son angoisse l'attendrait au bout de la route. Une odeur de graisse et de poisson raviva sa nausée. Clarita déposait sur un coin de la table de nouvelles croquettes fumantes qu'elle venait d'enfariner et de tremper dans l'huile.

— Si tu n'as plus d'eau en fin de soirée, n'hésite pas à venir prendre une douche à la maison, le réservoir est plein. Promets-le-moi.

De quoi parlait-elle ?

— Ne vas-tu pas chez les diplomates britanniques, ce soir ?

— Les Britanniques…

— Tu m'as dit que tu avais accepté leur invitation à une fiesta.

— Une fiesta ?

Les étrangers organisent des fiestas. Ils aiment bien vivre à La Havane. Bien sûr, ils n'y passeraient pas leur vie ! Mais nous, pourquoi pas ? Elle se chante si bien, la révolution ! Pour ce qui est de la vivre… Non, ils n'y passeraient pas toute leur vie, les étrangers, les poètes, les Ferrat et les autres comme Peter Grove. Sergio regarda sa montre et acquiesça.

— Oui.

Oui à quoi ? Oui à qui ? À la douche, à l'eau, à Clarita, à la fiesta. Oui, Sergio devait aller à cette réception.

— Tu n'as pas l'air bien du tout, Sergio.

— Je la prendrais bien maintenant, cette douche.

L'eau coulait, froide. Il n'y avait plus de savon. Pas de quoi être surpris. Qui se lave encore avec du savon les 24 du mois ? Mais manquer de savon était bien peu de chose. Fidel aurait rétorqué qu'il valait mieux être sale mais libéré que propre et exploité. Il l'avait vraiment dit, oui, haut et fort, texto, dans un de ses discours mémorables. Le malheureux peuple américain lavé à outrance n'en savait rien. Comment le pourrait-il, perdu dans ce système de surconsommation ? Sergio déplia l'échine et releva la tête. Ce genre de réflexion le faisait se courber.

Sa *guayabera* étant défraîchie, il enfila une chemisette blanche. L'invitation disait : *Muy informal.* Tenue décontractée. Clarita avait refait des plis au pantalon et les chaussettes propres récupérées des affaires de Francis feraient l'affaire. Toujours les mêmes derbys.

Il s'écorcha les joues et le menton en se rasant avec une vieille lame que lui avait rapportée Gwenny. Le sang se coagulait, il y colla des bouts de papier. De nouveau, il s'amusait à contempler son image étrange dans la glace fêlée. Il lui sembla tout à coup que tous les miroirs de l'île l'étaient. Si l'on accordait foi au dicton qui disait que chaque miroir fracassé valait sept ans de malheur, ça augurait mal !

Lorsqu'il reparut, Clarita lui adressa un sourire rempli de tendresse. Elle avait encore le sens du « convenable » et appréciait que Sergio soit bien rasé et propre. Francis revint au même moment. Sa chemise de nylon blanc transparente trahissait son corps basané. Il empestait le parfum bon marché.

— Ne m'attends pas, je ne dormirai pas ici ce soir, annonça-t-il en attrapant un baluchon avant de sortir.

CHAPITRE 18

Vendredi 24 juillet 1970, 22 h

C'était une bruyante réception diplomatique. Représenter les intérêts d'un pays capitaliste à Cuba ne peut se faire sans provoquer certains remous. Floue dans la fumée des cigares cubains et des cigarettes étrangères, se déhanchant au rythme des complaintes de *Pata Pata*, dernier succès de Myriam Makeba, une grande femme blanche et blonde se fraya un chemin jusqu'à lui, un daiquiri à la main.

— Bonsoir, monsieur…

— Masíquez, Sergio Masíquez.

C'est souvent ainsi dans ces réceptions. On vous invite sans trop savoir qui vous êtes. Parce que votre nom, pour une raison « diplomatique », figure sur une liste.

— Bien sûr! Vous êtes médecin et le plus doué des collaborateurs de Peter Grove.

Ce dernier arrivait à la rescousse, deux coupes dans une main, un pirojki dans l'autre et une cigarette entre les lèvres. Il dut se contenter de saluer Sergio de la tête en lui présentant un daiquiri.

— Je t'attendais, je suis content que tu sois venu! Tu vas mieux?

— Ça va, je tiens le coup.

L'hôtesse, trop heureuse de l'occasion qui lui était donnée de se défaire du médecin morose qu'elle n'avait pas reconnu d'emblée, murmura un *con supermiso* poli, mais toujours un peu vexant et s'esquiva. Peter, qui avait maintenant la bouche pleine et une main libre, entraîna son ami dans la foule. Sergio vivait des moments insolites. Autour de lui, des vieillards élégants, des jeunes filles aux jolies cuisses, des dames en sari, des ambassadeurs guindés, des militaires en uniformes, des journalistes barbus, des artistes chevelus, des garçons en livrée qui distribuaient whiskys, daiquiris et *mojitos** à la ronde. Du bruit, trop de bruit, des éclairages qui se voulaient astucieux, des *¿cómo está usted**? et des *¡mucho gusto**! vieux comme la carrière diplomatique. Peter l'avait dirigé vers un boudoir moins achalandé. Bousculé, Sergio ressentit un vertige qui le laissa dans le noir quelques instants. Lorsqu'il reprit conscience, il lui sembla ne reconnaître personne. Où était-il? Qui étaient tous ces gens?

— J'espérais te voir ici, Sergio. J'ai de bonnes nouvelles.

— De bonnes nouvelles?

— On peut avancer ton départ. Le ministre de la Santé du Québec, qu'on a mis au courant de la situation, est d'accord pour réclamer ta présence à une réunion dimanche matin à la première heure.

Un jeune homme s'immisça entre eux en s'excusant. Peter entraîna Sergio à l'écart et chuchota:

— Il te faudrait donc partir vingt-quatre heures plus tôt. Évidemment, le ministre est d'accord pour envoyer au gouvernement cubain un télégramme expliquant l'urgence de cette réunion.

— C'est hors de question, je ne suis pas prêt.

— Ta valise? ironisa Peter.

— Entre autres. Merci de te donner autant de mal, mon ami, mais j'ai une ou deux choses à régler avant de partir. Des décisions à prendre. Ne change rien.

— Tu as tort, Sergio.

— Peut-être, mais je ne veux pas partir demain.

Un maître d'hôtel vint prévenir le journaliste qu'on le demandait au téléphone. Adressant simultanément un signe de la main à une jeune femme qui semblait sur le point de quitter la réception, Peter embrassa son ami.

— Je dois y aller. On se retrouve donc dimanche tel que convenu après le discours. Je te conduirai à l'aéroport. Mais tu peux encore changer d'avis, Sergio, nous ne sommes que vendredi. Réfléchis bien.

— C'est tout réfléchi.

— Au fait, l'agence ne publiera pas le texte de Sánchez avant que ta sécurité soit complètement assurée au Canada.

— Merci, murmura-t-il.

— Ne fais pas de bêtises, je t'en conjure.

Soulagé par le départ du journaliste à qui il ne voulait surtout pas confier qu'il devait rencontrer une estafette de Manuel Sánchez le soir même, Sergio contourna un groupe de femmes en robe longue qu'il entendit se plaindre de la chaleur et des prix de l'Empresa diplomática. Ayant repéré un canapé libre, il s'y laissa tomber. Un bon moment s'écoula qu'il employa à reprendre son souffle.

De toute l'organisation, Sergio ne connaissait que l'incorruptible Manuel. Il devait, ce soir-là, faire la connaissance d'un autre membre. Enfin un autre nom, un autre visage pour l'accompagner dans ses angoisses et ses cauchemars. Il pourrait enfin s'apitoyer sur le sort d'un autre qui ne pouvait plus ni manger, ni dormir, ni travailler correctement, une autre loque traquée tout comme lui. Ne plus être seul. Savoir que, comme vous, un autre malheureux attend à en devenir fou, souffre d'un ulcère à l'estomac et sans doute d'une tumeur au cerveau! Celui-là aurait aussi les ongles rongés jusqu'aux phalangines. Où se cachait-il donc, ce compagnon de la mort?

— Docteur Masíquez, Sergio Masíquez, n'est-ce pas? Vous ne semblez pas me reconnaître, mais nous nous sommes déjà rencontrés. Je suis l'épouse du vice-consul du Canada.

— Vous avez raison, je ne vous avais pas reconnue, fit Sergio en se levant. Je me rappelle maintenant vous avoir croisée à la réception de la Journée nationale du Liban.

— Mon mari a dû nous quitter pour l'aéroport. Un avion vient d'être détourné sur Cuba. Sans doute des invités de dernière heure pour le discours du 26 juillet, ajouta l'épouse du vice-consul, un sourire entendu sur les lèvres. Au fait, que nous racontera Fidel cette année?

Sergio eut envie de répondre qu'il ne dirait rien parce qu'on ne le laisserait pas parler. C'était ironique qu'on lui pose cette question.

— Vous savez, Fidel est un grand orateur. Ne craignez rien, il saura comme toujours nous tenir suspendus à ses lèvres des heures et des heures.

— N'annoncera-t-il pas la fermeture du pont aérien ?

— Il est déjà très difficile de quitter l'île. Je ne vois rien de nouveau là-dedans.

— Évidemment, mais si cela devait devenir impossible, ne craignez-vous pas que le peuple se mette en colère ?

— En colère ? Le peuple ?

À quoi s'attendait-elle donc ? Que savait-elle de lui, de ses activités, de ses tâches à l'agence, de sa mission ? Était-elle au courant des projets de Peter Grove ? De ses démarches ? De ses intentions de demander l'asile politique dans son pays ? Probablement. Il l'entendait parler de remaniement ministériel et de démissions, mais il l'écoutait distraitement. Que lui voulait-elle ? Il n'était là qu'en attente d'une personne qui devait lui communiquer l'heure et l'endroit de son rendez-vous avec Sánchez.

— Je dois partir, docteur Masíquez, dit timidement l'épouse du vice-consul. J'ai été ravie de vous revoir.

— Moi de même, madame.

La jeune femme éteignit sa cigarette et se dirigea vers l'hôtesse après avoir serré la main de Sergio. Ce dernier ne désirait plus qu'une chose, repérer le héraut et se défiler au plus vite. Qui pouvait-il être ? Il procéda par élimination en commençant par les diplomates, bien que depuis la découverte par les services de sécurité cubains de l'appartenance à la CIA d'un des membres de l'ambassade du Mexique, on soupçonnait de complot tous les Américains – du Nord et du Sud confondus. Restaient une dizaine de personnes, toutes cubaines à l'exception d'Hervé Martin de l'Alliance française, de Shirley Preston, professeure de littérature anglaise à l'université de La Havane, et de Peter Grove, journaliste qu'on admirait, enviait ou plaignait d'être à la solde d'une agence de presse américaine. Et Peter avait déjà quitté les lieux.

Sergio entendait un jeune peintre faire l'apologie de l'art afro-cubain. On connaissait bien Manuel Mendive dans le milieu diplomatique. Il s'affichait partout comme excellent révolutionnaire et consacrait ce qui lui restait de sa vie à la peinture et à sa mère. Mendive avait perdu un pied dans un accident stupide. Le jeune peintre se débattait déjà avec sa tonne de problèmes, et on l'avait certainement à l'œil. Sergio se dit qu'il ne prendrait pas un tel risque. Puis son regard tomba sur Lourdes, la superbe Lourdes! Cette sensuelle guitariste mise au service des étrangers, célibataires ou pas, cette femme irrésistible et appartenant au G2 de surcroît! Impossible! Elle occupe un des postes qui paie le mieux sous le régime castriste. Sa vie est enviable, pourquoi risquerait-elle tout cela pour l'éphémère plaisir de philosopher? Mais qui alors? Sergio commençait à s'énerver. Sa chemisette était trempée et il se serait bien réfugié de nouveau dans la douche de Clarita, même sans savon.

— Et si c'était un piège? s'entendit-il murmurer.

Encore un piège, une mise à l'épreuve, un guet-apens. Il vit la femme du vice-consul revenir vers lui.

— J'allais oublier, docteur Masíquez, vous connaissez Jorge? Jorge Luther, un employé local de l'ambassade de Suisse? Il vous cherchait tout à l'heure, annonça-t-elle en se dirigeant vers la sortie.

Jorge? Jorge Luther? Le jeune romancier complètement perdu depuis l'affaire du concours de l'Union des écrivains? Le malheureux écrivain qui s'est vu refuser, à cause de sa tiédeur révolutionnaire, un prix littéraire qui lui revenait de toute évidence? L'alcoolique qui fait semblant d'écrire depuis?

— Merci, balbutia Sergio.

Puis, avalant d'un trait un whisky après avoir bu deux daiquiris, il jura à voix haute :

— ¡*Caramba*! Luther ? Je ne le crois pas. ¡*Hijo de puta*!

Un jeune homme qu'il n'avait pas remarqué se retourna en entendant le juron.

— Vous dites ?

Sergio se ressaisit. Il parlait tout seul. Ce n'était pas le meilleur moyen de passer inaperçu. Il se leva pour se diriger vers le bar, endroit où il avait une chance de retrouver Luther. « Ce malheureux Jorge est descendu encore plus bas que moi. Il est incapable d'entreprendre quoi que ce soit », se dit-il.

Mais le barman que Sergio interrogea lui dit avoir vu Jorge Luther partir une demi-heure plus tôt. « Je ne connais personne d'autre dans ce satané salon », déplora Sergio. Il fallait donc que le contact soit l'un de ces inconnus. Pourquoi pas ce grand roux qui discutait avec la secrétaire de l'ambassadeur de Suède dans l'embrasure de la porte ? Bien sûr que non. Sergio le reconnut. Il s'agissait du représentant des intérêts de l'Allemagne de l'Ouest. Lui n'avait qu'à bien se tenir ici. Et en effet, il restait bien sagement dans son coin.

Jetant un œil sur sa montre, Sergio constata qu'il était déjà onze heures. Il faudrait bien que quelqu'un l'aborde. « Il a peur ! C'est ça, il a peur, plus que moi, se dit Sergio pour se rassurer, un pauvre type, comme moi, qu'on a embarqué dans une affaire sans issue. Mais non. C'est moi seul qui n'arrive plus à m'en sortir, car lui, de toute évidence, a changé d'avis. Il ne viendra pas, il ne viendra plus, et je resterai seul. Rien de nouveau, je le suis depuis le début. Peut-être même que toute cette mission n'est que le fruit de mon imagination. J'ai perdu la raison, je suis complètement fou. »

Il en était à sa troisième crampe d'estomac et à son deuxième verre de whisky lorsque Francis le salua d'une grande claque dans le dos, comme il en avait la déplaisante habitude.

— Les gens partent bien tôt, ce soir !

— Ah oui ? Qui donc ?

— D'abord le consul de Suisse et sa secrétaire, on s'imagine pourquoi !

— Que vas-tu encore inventer ! Puis ?

— Ton Peter Grove.

— Que veux-tu dire ?

— Ton patron a filé à l'anglaise après un mystérieux coup de téléphone.

— Mystérieux ? Parce que tu n'as pas réussi à l'entendre malgré les moyens dont tu disposes ?

Sergio se ressaisit. Francis Cruz! C'était toujours Francis qui se retrouvait sur son chemin chaque fois qu'il attendait, cherchait, se morfondait. C'était toujours le milicien qui interrompait ses angoissantes réflexions. Lui faisant face, Sergio dit :

— Et toi ? Tu dois partir aussi ?

— Bientôt. Au fait, ton ami de Matanzas m'a dit de te rappeler que vous deviez vous retrouver sur le Malecón. Il t'attend là-bas, à la hauteur du *Deauville*.

Sergio faillit s'étouffer.

— Mon ami de Matanzas ?

— Oui, Manuel Sánchez.

— Il n'est pas mon ami, je l'ai rencontré une ou deux fois, c'est tout. Tu le connais ?

— Je sais qu'il est le directeur de la sucrière de Jagüey Grande et qu'il t'a rendu visite ce matin.

Sergio allait protester mais Francis l'en empêcha.

— C'est lui-même qui me l'a dit. Et il m'a demandé de te faire ce message, c'est tout.

Plus de doute possible. Francis Cruz était celui que Manuel avait mandaté pour fixer leur dernier rendez-vous. Son locataire n'était peut-être pas le crétin qu'il semblait être. Dangereux ! Lui aussi jouerait double-jeu ? Le révolutionnaire bruyant travaillerait donc au sabotage ! Ou pire encore, Cruz jouerait triple-jeu.

Fort de son rang dans les services secrets et persuadé que Francis Cruz n'était qu'un sous-fifre, Sergio n'avait pas pris beaucoup de précautions pour le berner. Il le voyait maintenant sous un autre jour et les yeux globuleux de son vis-à-vis l'effrayèrent tout à coup.

— Répète-moi ce message, réussit à prononcer Sergio.

— Sánchez m'a demandé de te dire qu'il t'attendrait avec des amis aux festivités carnavalesques sur le Malecón après la *fiesta diplomática*.

— Il t'a demandé de me dire ça? Je n'en crois rien, tu inventes.

— Tant pis pour toi, moi, je pars. À bientôt, *compañero*!

Que venait faire Francis Cruz dans cette histoire? Lui, un milicien? Quelle était donc l'envergure de l'organisation? Sergio le laissa partir et sortit sur le patio. De grosses lumières rouges et jaunes clignotant au rythme des percussions d'une musique apparemment diffusée dans tout le quartier forçaient la nuit. Sergio se sentait perdu. Il comprenait qu'on ne lui dirait rien de plus. On ne lui ferait pas la faveur de le mettre au courant. Dans le processus, il n'était rien de plus que le flacon d'éther dérobé à la clinique, que la guérite à l'entrée de la bibliothèque nationale, ou que la sirène de l'ambulance qui accourrait sur les lieux ! On ne lui demandait surtout pas de comprendre. Il n'était qu'un élément parmi plusieurs, qui n'avait qu'à se trouver au bon endroit, au bon moment.

Il déposa son verre vide sur une desserte dans le vestibule. « Après la fiesta », « aux festivités carnavalesques, avec des amis », se répétait-il. Les festivités carnavalesques avaient lieu sur le Malecón et ce boulevard était loin de Miramar. Pour se rendre au bord de la mer à cette heure, surtout en *guagua*, il devrait certainement compter plus d'une heure. Et où allait-il rencontrer Manuel ? Le message ne sous-entendait rien de l'heure du rendez-vous, sinon « après la fiesta »... On y était « après la fiesta », en tout cas, pour lui, ça y était.

— ¡ *Se acabó la fiesta* ! La fête est terminée ! dit-il à haute voix.

CHAPITRE 19

Vendredi 24 juillet 1970, 23 h 30

En effet, le Malecón n'était pas tout près de l'élégant Miramar. Et pour s'y rendre, à cause des encombrements de piétons, le bus mit près d'une heure et demie. Sergio descendit à tout hasard en même temps qu'un groupe de jeunes déjà ivres et qui transportaient un seau de bière dont ils éclaboussaient les autres passagers.

Il était presque une heure du matin lorsqu'il se retrouva au milieu d'une grande foule agglutinée sur le trottoir longeant la mer. La place était sale, puante de sueur, de bière et de vomissures. Des gens qui n'ont droit qu'à deux verres de bière par mois et qui voient, tout d'un coup, les écluses s'ouvrir pendant une semaine, normal qu'ils abusent. Oui, ils étaient tous soûls. Et soûls à la bière, le ventre vide ou gros de riz, c'est une recette qui donne mal au cœur. Mais c'était astucieux. Ainsi, tous ivres, ils iraient crier sur la Plaza le 26 pour acclamer *el Jefe*.

Il y avait des touristes aussi, venus pour l'apothéose de la *zafra*. Fidel voulait qu'on leur en mette plein la vue, les oreilles et le nez. De la bière partout et de la musique, et des tams-tams et encore de la bière. Cela aussi faisait partie du grand plan Zafra 1970. Des slogans, de la propagande pour Fidel et le parti, en somme tout ce qui se voit, s'entend et qui cache bien le reste. Elle est là, la force du système. Il est là, le génie de Castro.

Il y avait foule partout. Il s'en fallut de peu que Sergio rebroussât chemin. On avait perdu l'habitude de ce genre d'orgies à Cuba. Des femmes à moitié ivres, avec des bébés dans les bras, chantaient à tue-tête. D'autres portaient des seaux remplis de bière qui éclaboussait les chaussures déjà boueuses des hommes pissant le long des murs des taudis en face du Malecón. Affalés sur le rebord d'un trottoir, d'autres vomissaient le dernier litre de bière ingurgitée inconsciemment. Et cela durait depuis des jours. Après, ils auraient un an pour cuver leur alcool.

Il est long, le Malecón. Et en cette nuit de carnaval, il est achalandé. Où allait-il trouver celui qu'il devait rencontrer ? Sergio cherchait de l'air à respirer. Francis avait-il été chargé de ce message ou, soupçonnant ce que Sánchez tramait, en était-il l'auteur ? Le milicien était-il au courant du complot ? Aurait-il inventé ce message pour brouiller les pistes ? Malgré les odeurs fétides, Sergio s'efforça de respirer à fond.

Et Peter Grove ? Qu'allait-on faire de lui ? En cas de débandade, pourrait-il compter sur l'immunité que lui conférait son titre de journaliste canadien à l'emploi de l'Associated Press ? Que savait-il exactement de cette mission dont son traducteur n'aurait jamais dû lui parler ? Parvenu à ce point, Sergio n'avait plus de réponse. Les choses s'embrouillaient, sa vue aussi. Las, il s'assit sur le muret le long de la plage pour réfléchir.

Et si les fonctionnaires du ministère, alertés par la dénonciation déposée par Sánchez chez Grove, avaient craint que le journaliste joue un jeu cher à la CIA ? Celui de favoriser le sabotage, de former des groupuscules révolutionnaires, de démontrer par tous les moyens, malhonnêtes surtout, que Fidel n'avait pas la confiance du peuple cubain ! Parce que c'était bien là les objectifs que poursuivaient les espions des impérialistes à Cuba ! On ferait alors porter à Grove la responsabilité d'un complot d'assassinat contre Castro, on l'accuserait de l'avoir organisé, on lui imputerait tout et on le condamnerait sans procès. On ne l'arrêterait sans doute même pas, afin que le régime n'ait pas mauvaise presse. On se contenterait de le faire disparaître.

Et si c'était tout simplement un guet-apens pour l'attirer, lui ? Lui, Sánchez et tous les autres qu'il n'avait jamais rencontrés et qu'il ne connaîtrait probablement jamais ? On les surveillait et on attendait qu'ils se retrouvent tous sur le Malecón pour les cueillir. Ils seraient tous arrêtés en même temps, cette nuit-là. Oui, c'était aussi possible.

Résigné à ces hypothèses funestes, Sergio n'eut même pas un geste pour s'échapper. Au contraire, il se laissa glisser contre le muret, s'affala sur le trottoir, les bras croisés sous sa nuque, et il contempla le ciel nuageux.

Lorsqu'il se remit péniblement sur ses pieds, il vit que le Malecón ressemblait à une grande décharge. Combien de temps était-il resté là, lointain, abandonné ? La place s'était passablement vidée. Il marcha jusqu'à l'hôtel *Deauville*, déplorant qu'on lui laissât autant de temps pour réfléchir. Et pourquoi tout ce temps maintenant ? Le *Deauville* éteignait ses néons. Sergio avait espéré y trouver Manuel. Mais il n'y vit personne. Il remonta la calle San Lázaro. Allait-il à contre-courant ? Il ne pouvait le dire, puisque les uns et les autres, à cette heure et dans cet état, ne semblaient plus savoir où ils allaient. Quoi de plus absurde qu'un carnaval ? Qui a le droit d'ordonner à tout le monde de s'amuser à la même chose et en même temps ? Allez ! Un, deux, trois, partez ! Amusez-vous ! Mais il fallait avouer que c'était une belle invention. Ainsi jeté dans une foule qui s'excite, le plus réservé s'y prend à rire et à crier. Mais après, quand on se retrouve seul, comme il est humiliant de s'avouer être tombé dans le panneau !

Déçu, il poursuivit son chemin jusqu'à la calle 23. La fatigue et le whisky avaient ankylosé ses pieds. Il ne supportait plus les fiestas et les carnavals. Le varech avait beau s'accrocher aux murs de pierres, la nuit continuait de puer l'urinoir et le brassin. Mais il rentrerait à pied. Plus de *guagua*, il avait eu sa part de nausées pour la journée. Un regain de vie l'anima lorsqu'il vit la calle 23 resplendissante de lumières et, à cette heure tardive, encore grouillante de couche-tard moins soûls que ceux du Malecón qui s'attardaient autour des jeux ou dansaient au son des mélodies diffusées par des haut-parleurs revêches. Le Pavillon Cuba, glorieusement rouge, annonçait les « dix millions » et gardait en éveil les touristes descendus au *Habana Libre*.

— ¡*Hasta la victoria siempre!* Qu'en penses-tu, Che? murmura Sergio.

Elle tardait, la victoire, se laissait désirer. Elle devait se cacher et bien se cacher, car rien ne permettait de l'apercevoir. Une aveuglante poudre aux yeux. Le cinéma Radio-Centro gardait à l'affiche une production bulgare. Peut-être pas amusante mais certainement sentencieuse. Sergio dut se frayer un chemin parmi des noctambules somnolant dans de longues files d'attente autour du kiosque de Copelia. Les glaces Copelia, l'une des rares denrées à avoir survécu à dix ans de régime communiste. Mais attendre des heures à ne rien faire juste pour lécher une boule de lait glacé, dans un pays où tout est devenu une urgence! Victoire pour qui?

Et Cuba, malgré elle, tellement plus près de la Floride que du Chili! Toute l'Amérique latine tournée vers elle, par désespoir ou par ignorance. Mais on verrait plus tard. Enfin, d'autres verraient plus tard. Peut-être dans longtemps, dans les années 2000, quand tous les guérilléros de la Sierra, ou presque, seraient morts. Peut-être bien qu'alors le monde qui les maudit maintenant, qui les a reniés déjà ou qui les dénigrera demain, érigera un monument à leur gloire et enverra ses

plus grands penseurs s'abreuver dans leurs univer-
sités et ses économistes s'inspirer de leurs succès!

Sergio accéléra le pas. Il avait une envie irrépres-
sible de s'allonger sur son mauvais matelas et de
dormir. Un peu plus haut dans la calle 23, il y
aurait moins de badauds, moins de lumières, moins
de bruits. Il savait qu'au tournant il retrouverait la
révolution dans toute sa tristesse et sa pauvreté, des
relents de détritus plus tenaces dans l'obscurité,
l'odorat l'emportant sur la vue. Seul le Comité de
défense de la révolution veillait encore. Dors bien,
peuple, ton CDR veille sur ton repos. Il était bien
endormi, le peuple.

⌒

Au moment où Sergio fit grincer la claie du
jardin, il sentit une main sur son épaule.

— Chut, c'est moi. Où étais-tu donc? Je t'ai
attendu pendant des heures!

Sans se retourner, Sergio fit tourner la clé dans
la serrure de la porte et pénétra chez lui, suivi de
près par Manuel Sánchez.

— Bon Dieu, Sergio! Où étais-tu?

— Je n'ai pas reçu le message, enfin pas complètement... «Aux festivités carnavalesques...»,
c'était ridicule, ce rendez-vous. Il y avait une foule

pas possible sur le Malecón. Moi aussi, je t'ai attendu.

— Je pensais que tu me chercherais à proximité du *Deauville*. Je ne pouvais tout de même pas en confier davantage à Francis Cruz !

— Francis Cruz ! Je n'y ai quasiment pas cru ! Pourquoi avoir mêlé un milicien à notre affaire ? N'est-ce pas imprudent et inutilement risqué pour nous et pour lui ?

— Rassure-toi, ton locataire n'est au courant de rien. Dans la conjoncture, il était tout à fait plausible que je lui demande de te faire ce message. J'ai feint de le croiser par hasard à l'entrée de la résidence des Britanniques. Je lui ai demandé de te prévenir que je ne pourrais pas être à notre rendez-vous au *Deauville* avant minuit, mais que je t'attendrais sur le Malecón après la réception. Je croyais qu'une allusion au *Deauville* t'inciterait à me chercher dans le coin. Que t'a-t-il dit exactement ?

— Francis Cruz ! répétait Sergio, abasourdi.

— Tu es bien nerveux ! Que veux-tu qu'il ait compris, sinon que nous devions nous retrouver entre amis aux festivités ? Que t'a-t-il dit, au juste ?

— Rien de plus. Il a fait allusion au *Deauville*, puis il a quitté la réception.

Sergio se jeta sur les coussins du canapé, battant l'air de ses bras.

— Francis Cruz! Mais Cruz est un vendu! Il ne doit jamais, au grand jamais, se douter de quoi que ce soit!

— Il ne sait rien. Son attitude t'a-t-elle semblée louche? A-t-il fait des insinuations?

C'était apparemment au tour de Manuel de s'inquiéter.

— Il semblait croire à ce rendez-vous. Mais moi, je n'arrive toujours pas à comprendre! Pourquoi avoir pris un tel risque, Manuel? Comment espérais-tu que j'interprète ton choix? Francis Cruz, mêlé à un complot…

— Mais vas-tu te taire, Sergio? Tu es devenu fou, ma foi! Tu parles trop, vraiment trop. Il n'a rien accepté, il n'est au courant de rien du tout.

— C'est ce que tu crois. Cruz est un milicien de la pire espèce et il sera peut-être ici dans un instant!

— Faisons vite, alors! Écoute bien.

— Non, Manuel. Tu vas d'abord me dire quel rôle Francis Cruz joue dans cette affaire. Ce n'est pas un hasard si ce milicien vit ici, et tu le sais aussi bien que moi! Alors j'exige des explications.

— Ce serait trop long, riposta Manuel. Tout ce que je peux te dire, c'est qu'il nous a été d'une grande utilité, sans le savoir bien sûr, et que son rôle est terminé. Nous n'avons rien à craindre de lui.

— C'est donc toi qui m'as imposé ce colocataire ? Encore une de tes astuces pour démontrer ton appartenance inconditionnelle au régime ! Ta parfaite et tranquille conscience révolutionnaire ! Tu t'es vraiment protégé, Manuel ! Quelle trouvaille ! Le MININT a dû t'applaudir ! On croit vraiment en toi là-haut ! Mais que va-t-il advenir de Cruz ?

— Rien, rien du tout. Il n'a rien fait de mal aux yeux du ministère. Et moi je n'ai plus besoin de lui. Il me voit comme un bon révolutionnaire, il croit que nous sommes d'accord sur tout. Il a déjà rendu son rapport sur moi, très positif, et en ce qui te concerne, son travail est terminé. Mais faisons vite, dit Manuel en se rapprochant de Sergio.

— Tu es pressé ? Tu as d'autres personnes à rencontrer ce soir ?

— Tous !

— Parle, je t'écoute, proféra Sergio sur un ton belliqueux.

— Je viens simplement te confirmer ce que je t'ai dit à la plage et te donner quelques précisions.

Sergio n'entendait que la fin des phrases. Il n'avait plus aucune envie de se concentrer, espérant que rien de tout cela n'arriverait jamais. Puis il se détendit. La seule question qui lui restait sur le bout des lèvres était : « Quand donc cet échafaudage s'effondrera-t-il ? »

Un violent coup de vent entrouvrit la porte. L'orage s'abattait sur la ville. Des trombes d'eau déchaînées qui laveraient les rues. Manuel parlait encore, sa voix était douce. Comme s'il lui faisait des confidences. Pourtant il parlait de vengeance, d'assassinat, de mort. « Mon pauvre Manuel, pensait Sergio, tout va s'écrouler et tu te retrouveras sous les décombres. Oui, tout va s'écrouler pour toi, et bien plus tragiquement que pour moi qui m'y attends. »

Sánchez poursuivait calmement. Il lui avait donné des détails de la tenue vestimentaire des personnes qui amorceraient les échauffourées afin que Sergio ne les confonde pas avec d'autres batailleurs qui pourraient se chamailler sans faire partie de leur plan.

— Je crois que c'est tout. Des questions ?

Ils se levèrent tous les deux.

— Non.

— Tu as le flacon ?

Sergio vit son porte-documents appuyé contre un pied de la table basse. L'ayant déposé sur le chiffonnier, il l'ouvrit pour en retirer le flacon d'éther. Manuel le saisit et le fit tourner deux ou trois fois entre ses mains avant de le lui rendre, un rictus étrange sur les lèvres.

«Tu es trop sûr de toi, mon pauvre Manuel», déplora Sergio pour lui-même. Ils échangèrent une poignée de mains.

— ¡*Hasta la victoria siempre*! lança Sánchez en espérant entendre un «*Venceremos*» qui ne vint pas.

Manuel courut jusqu'à sa voiture dissimulée entre deux maisons. Il courbait les épaules comme si cette précaution pouvait le protéger de l'orage qui menaçait d'arracher les toitures des maisons. Sergio demeura dans l'embrasure de la porte jusqu'à ce qu'il entendît la bruyante Volga démarrer, puis rentra en refermant à clé. Il était désormais certain que Francis ne reviendrait pas cette nuit-là.

Chapitre 20

Samedi 25 juillet 1970, 2 h 00

Après le départ de Manuel, recroquevillé sur son canapé, Sergio appelait le sommeil. Dormir. Dormir et oublier. Il s'assoupissait quelques instants mais sursautait soudain et se réveillait en sueur. Terrifié à l'idée de ne plus en revenir, il éprouvait une peur panique à passer dans l'inconscience. Il était à bout. Pourtant, ne s'apprêtait-il pas à accomplir une action juste, à tout le moins justifiable ?

Et s'il passait aux actes, s'il ne dénonçait pas le complot, il y aurait donc un autre soulèvement, un autre coup d'État en ce 26 juillet de l'année 1970. D'autres morts aussi. « L'année des dix millions de tonnes de sucre… » Qui donc allait parler d'assassinats ? Ce peuple qui ne bougeait jamais que le lendemain des révolutions ? Celui qui les laissait se battre seuls jusqu'au dernier moment et qui applaudissait le dictateur jusqu'à sa chute pour s'entendre crier le moment d'après : « Mort à celui qui vient de tomber et longue vie à celui qui viendra ! » Le peuple cubain en avait assez. Dimanche, il crierait donc : « À mort Fidel, à mort *el caballo** ! » L'histoire ne ferait que se répéter. Une fois de plus, on se lancerait dans les rues et on acclamerait le prochain dictateur.

Ses réflexions l'avaient amené à entrevoir la logique, la simplicité surtout, du plan de Manuel Sánchez. Et, peu à peu, il eut l'impression que ses appréhensions se dissipaient. S'efforçant de respirer normalement, il retrouva son souffle et une position confortable. Les paupières closes, il entreprit de compter par neuf, espérant que la gymnastique ennuyeuse lui accaparerait l'esprit. Mais il sombra dans un sommeil tourmenté. Tantôt persuadé de l'imposture du gouvernement révolutionnaire qu'il avait contribué à mettre en place, il se rangeait au plan de Sánchez. Tantôt convaincu de la nécessité de cette révolution nationaliste, du combat du Che jusqu'au sacrifice de sa vie, de la sincérité de Fidel, il refusait de laisser des blancs-becs l'assassiner. Tantôt incertain autant de la vertu que de l'abjection des uns et des autres, il réclamait de l'eau pour s'en laver les mains. Le tunnel était long et il dut s'arrêter dans le noir. Paralysé dans son corps et dans sa tête, cloué sur son grabat jusqu'à ce que la panique s'empare de lui pour de bon. « Sors de là ! Judas, Ponce Pilate ! » Oui, s'éveiller et constater que tout cela n'était qu'un affreux cauchemar.

Il parvint enfin à rouvrir les yeux mais sut qu'il ne s'agissait pas d'un rêve. La réalité était bel et bien insupportable et il devrait trouver la force de l'affronter dans les heures à venir. Retrouvant au moins celle de se redresser, il posa les coudes sur les genoux. Il tremblait de tous ses membres. Il comprit qu'il avait peur, qu'il était terrorisé à en perdre la raison. Quelle raison ? Celle qu'il avait perdue jadis, cent fois, mille fois, chaque fois qu'il avait voulu en faire usage ? Il fit désespérément appel, dans un recoin de sa mémoire, à des reliquats rescapés de ces années heureuses où il croyait en un meilleur destin pour les siens, pour ses compatriotes. Mais c'était loin, si loin ! Et il resta là, longtemps, immobile, tentant de serrer les poings. Le temps s'écoulait sans fin, et il perdit de nouveau conscience ou se rendormit.

❦

Ce matin-là, samedi 25 juillet, le jour était levé lorsque Sergio émergea de ses cauchemars. Tout au long de ces heures de sommeil agité, empêtré

dans ses problèmes de conscience mais se débat-
tant comme un forcené, un plan s'était échafaudé
de lui-même. Sa réflexion tantôt tourmentée,
tantôt désabusée, l'avait finalement convaincu
d'une stratégie. Il avait enfin un plan. Machiavélique, mais un plan tout de même : il ne ferait rien
pour entraver le complot tramé par Manuel
Sánchez, ne procéderait à aucune dénonciation.
Mais il ne ferait rien contre son ami Fidel non
plus. Sa décision était prise : il n'en prendrait pas.
Il forcerait le destin à le faire à sa place. Cette
fatalité qui l'avait fait renoncer à ses rêves, à ses
ambitions, qui l'avait si souvent conduit dans
des culs-de-sac, qui l'avait amené à s'associer à des
causes pour l'en dégoûter par la suite, qui l'avait
privé d'une existence heureuse avec Clarita, qui
lui avait pris son fils, et qui l'avait tant de fois fait
frôler la mort, cette fatalité allait désormais prendre
les risques à sa place, elle le lui devait bien !

Le soleil forçait les persiennes mais Sergio
distinguait à peine le décor autour de lui. S'étant
approché de la porte-fenêtre, il décoinça les lattes
de la jalousie. Les palmiers coulaient dans leur
tronc de ciment, décor des îles, étouffant. Sergio
ressentit une inhabituelle quiétude, car, bien
qu'extrême, la démesure de sa résolution le libérait
d'un grand poids.

Il prit place à son bureau et retira d'un tiroir deux enveloppes et deux feuilles blanches. Il en plia une, vierge, et l'inséra dans l'une des deux enveloppes qu'il cacheta. Puis il se concentra avant de rédiger quelques paragraphes et d'apposer sa signature sur l'autre feuille qu'il plia de façon similaire à la première, avant de la glisser dans la seconde enveloppe qu'il cacheta aussi. Les deux enveloppes étaient atrocement semblables. Sergio les fit passer plusieurs fois d'une main à l'autre derrière son dos avant de les déposer sur le chiffonnier. Elles étaient terriblement identiques. Impossible de reconnaître celle qui contenait les lignes fatales. Ses jambes faillirent, sa vue s'embrouilla.

Il sortit sur le patio. Là aussi, l'air était rare. Les Chinois ne se berçaient pas encore. Les enfants chausseraient plus tard leurs patins à roulettes. La *bodega** du coin distribuerait bientôt les denrées du jour. La file d'attente était déjà longue, silencieuse, résignée. Sergio vit une vieille femme trébucher. Il allait se précipiter à son secours mais il s'arrêta : il n'était plus médecin. Même plus un voisin. Encore moins un bon Samaritain.

Il continua d'observer la longue file de gens épuisés jusqu'à la léthargie. Inconscient du temps, de l'énergie et de la dignité perdus quotidiennement à la seule fin de se ravitailler, le peuple cubain n'opposait plus de résistance. Le gouvernement n'était pas sans savoir que c'était là sa meilleure arme pour décourager les activités contre-révolutionnaires.

Sergio revint à ses affaires. Sur le petit meuble haut, les enveloppes le narguaient. Il prit celle de gauche et la glissa dans la poche de son pantalon, puis s'emparant de la seconde, il y mit le feu et la déposa dans une calebasse. Laquelle des deux feuilles partait en cendres ? Le saurait-il jamais ? Son crime à lui était désormais commis, malgré lui, sans lui. « Un crime de lâche », s'accusa Sergio. Il eut besoin d'air et il espéra le trouver dans la rue.

Il remonta la calle 23. Cette artère importante donnait encore à la capitale l'illusion de l'affairement. Sergio marchait sans rythme. Il traversa Paseo en détournant la tête. Le mémorial José Marti trônait, tout au bout à gauche, sur la Plaza de la Revolución, se voulant rassurant. Puis il parvint à l'imposant immeuble qu'occupent les bureaux de l'ICAIC, l'Institut cubain des arts et de l'industrie cinématographique où Francis Cruz s'adonnait à son art pour le bonheur et la gloire du gouvernement révolutionnaire. Son prosaïsme en tapissait une bonne partie des murs décrépis. Sergio poursuivait sa marche, sans conviction. Parfois, une façade de la longue rue lui rappelait la couleur des années frivoles d'avant la révolution. Il revoyait les trop nombreux comptoirs de fruits, les casinos achalandés jour et nuit, les filles à la démarche éloquente et les enfants pieds nus dévorant des *mameis*. Aussi les vitrines, si tristes maintenant, de cette grande boutique de fleurs qu'avait été Le Printemps. Mais qui donc prenait encore le temps de parler de fleurs et de fruits? On en était plutôt au plan Arroz et à la grande *zafra*. Un siècle semblait s'être écoulé.

Lorsqu'il pénétra dans le somptueux *cementerio* Colón, Sergio palpa l'enveloppe qu'il avait glissée dans sa poche et envisagea de la déchirer. Mais il n'en fit rien. Ayant contourné les mausolées et les pierres tombales, il se dirigea vers un monument entouré d'une clôture de fer forgé. Il avait tant de fois repéré cet endroit, s'y était tant de fois agenouillé, prétendant lire une épitaphe ou prier alors qu'il n'était là que pour obéir à des ordres, satisfaire aux exigences de son métier d'espion. Il avait si souvent accompli ce geste qu'il était venu, ce jour-là, exécuter pour la dernière fois.

Soudée au monument que lui avaient désigné ses contacts du ministère de l'Intérieur en le recrutant pour cette mission de «vigilance révolutionnaire» – c'est ainsi qu'ils avaient qualifié ce boulot de traître –, une boîte de métal ouverte sur le dessus à la façon d'une tirelire était protégée des intempéries par une membrane en plastique et dissimulée dans les fougères. Comme il l'avait fait des centaines de fois, Sergio s'agenouilla et introduisit l'enveloppe dans l'étroit interstice du coffret. C'était la façon de procéder des agents des SSC. Chacun avait sa tirelire. Des milliers de coffrets dissimulés aux quatre coins, non seulement de La Havane, mais de l'île tout entière. Seuls quelques fonctionnaires du ministère détenaient les clés de ces boîtes aux lettres. Pour les utilisateurs ou d'éventuels usurpateurs, il était impossible de récupérer ce courrier à moins de faire exploser une partie du décor. Du cimetière Colón, dans le cas de l'informateur Masíquez.

«Mission accomplie», trancha l'agent du G2. Bien qu'il n'en connût pas l'issue, son crime à lui était achevé. Se relevant, le regard accroché au coffret métallique, Sergio se serait attendu à ce que la foudre le terrasse sur-le-champ, à ce qu'on le fusille, là, sur la tombe d'un inconnu, ou à ce qu'une foule l'acclame pour l'incroyable victoire qu'il venait de remporter. Ce geste qui lui avait tant coûté, qui lui avait valu cette tempête intérieure des jours et des nuits durant, ne serait suivi que du chant des cigales et du crépitement des branches sèches des hibiscus. Sergio réalisa qu'il n'avait plus qu'à rentrer chez lui. Cet acte irréversible achevé, il considéra avec horreur le lieu lugubre. Affolé par ce qu'il venait d'accomplir, il émit une plainte déchirante, quitta le cimetière, courut jusqu'à la calle Colón, chercha un refuge, un soutien, s'appuya contre un arbre et vomit.

De retour chez lui au début de la matinée, épuisé et dans un état second, Sergio sombra finalement dans un sommeil sans rêves.

CHAPITRE 21

Samedi 25 juillet 1970, midi

Entendant frapper à sa porte, Sergio étira le bras et vit que sa montre marquait toujours six heures. Mais la lumière blanche qui s'infiltrait par les contrevents, de même que la chaleur suffocante qui l'empêchait de bouger annonçaient au moins midi. Midi ! Peut-être même plus tard. Il sortit de sa somnolence et ne fit qu'un bond hors du lit.

« La lettre, pensa Sergio. On aura reçu la lettre. »

Combien d'heures s'étaient écoulées depuis qu'il l'avait déposée au cimetière ? Quatre ? Cinq ? Qu'était-elle ? Une feuille blanche, peut-être intrigante, néanmoins insignifiante et qu'on avait roulée en boule avant de la mettre au panier en supposant qu'il ne s'agissait que d'une mauvaise plaisanterie ? Ou une lettre courte mais corrosive, écrite de sa main et signée, les mettant au courant de l'organisation, du plan de l'assassinat de Fidel Castro, leur livrant le nom de Manuel Sánchez et d'autres détails, des précisions visant à démontrer l'authenticité de la révélation? Et s'ils avaient la feuille blanche entre les mains, le soupçonnaient-ils d'agissements contre-révolutionnaires pour ne pas avoir dénoncé le sabotage de Matanzas? Si, au contraire, ils détenaient celle de la dénonciation, avaient-ils déjà arrêté Manuel et les autres que l'agent Masíquez avait trahis sans les avoir jamais rencontrés? Sergio se souvint des coups à la porte. On venait l'arrêter. L'idée de s'enfuir l'effleura. Mais pourquoi s'enfuirait-il?

Ils étaient là. Ils allaient le presser comme un citron pour ne rien perdre. Puis le jeter en pâture lorsqu'ils le jugeraient « inutilisable ». C'était leur méthode: convaincre des gens de jouer les Judas et les gratifier pour l'avoir fait. Puis, n'étant pas dupes de la duplicité de l'être humain, sachant mieux que personne que s'il ment aux uns, il peut aussi mentir aux autres, ils lui tendent des pièges pour vérifier sa fidélité.

— Je n'ouvrirai pas, dit-il pour lui-même. Ils s'introduiront chez moi de force, je ne me donnerai pas la peine de leur ouvrir.

Quelques secondes s'écoulèrent avant que les coups ne reprennent. « Et pourquoi viendraient-ils

m'arrêter ? Si je leur ai remis la lettre de dénonciation, j'ai bien fait le travail qu'ils m'ont imposé
et ils me sont redevables de leur avoir livré des
traîtres. Dans le cas contraire, ils n'ont rien reçu ni
rien su, et je pourrais nier avoir déposé une feuille
blanche dans la tirelire. »

Il était en transe. De nouveau, trois coups à la
porte. Puis une petite voix.

— Sergio ? C'est moi, Clarita.

Devait-il comprendre que les lampistes du ministère avaient récupéré une feuille blanche ? Il
n'aurait donc dénoncé personne ! Mais la prudence
lui commandait de ne pas se réjouir trop tôt. Il se
pouvait aussi que, après avoir pris connaissance du
message explicite, ils aient opté pour laisser les
complices poursuivre leur plan jusqu'à l'extrême
limite afin de les attraper tous, d'un même coup de
filet.

Sergio courut vers la porte, en arracha presque
le verrou, l'ouvrit grande et se jeta dans les bras de
Clarita qui ne put se retenir de rire en le voyant si
exubérant.

— Tu en as mis du temps. Ces effusions, c'est
pour te faire pardonner ?

— Je croyais que… je ne sais plus. Je suis rentré
très tard.

— Je sais.

— Et j'ai trop bu.

— Je sais. Ton café, tu le préfères noir ou au lait?
demanda-t-elle en se dirigeant vers la cuisine.

— Noir, j'ai besoin d'y voir clair.

— Ce sera difficile, avec cette chaleur, sans parler de ta gueule de bois!

«Il le faut pourtant», pensa-t-il.

Il avait dormi avec son pantalon. S'étant aspergé
le visage d'un peu d'eau fraîche, il retrouva ses
derbys sous le fauteuil et enfila une chemise propre
avant de rejoindre Clarita à la cuisine.

Elle l'observa, un sourire moqueur aux lèvres.
Les poils drus et grisâtres de la barbe de Sergio
n'arrangeaient en rien son teint blême.

— Tu n'as pas très bonne mine.

— Ces lendemains de fête, fit-il sur un ton qu'il
voulait léger.

— Oui, ces lendemains de fête, répéta Clarita,
nostalgique. Il y a bien longtemps que je les ai
oubliés.

— Tu n'as rien manqué, hier en tout cas.

— Que veux-tu dire?

— Toute cette beuverie, cette orgie pour mas-
quer à l'avance le vide d'un discours qu'on a
annoncé comme celui du Messie! Non, tu n'as
rien manqué, Clarita.

Sergio haussa les épaules. Elle lui servit son café.

— Nous sommes le 25 aujourd'hui, le jour de l'anniversaire de maman, elle aurait eu quatre-vingt-deux ans. J'irai au cimetière déposer des fleurs sur sa tombe.

À l'évocation du cimetière, Sergio se crispa. Sentant Clarita attentive à ses moindres gestes, il s'empressa de dire :

— Ne sois pas triste pour ta mère, elle est bien mieux là où elle est. La vie est si difficile pour nos pauvres vieux. Ils ne s'expliquent pas la situation, le rationnement, les heures de queue, leur famille dispersée.

— Tu as raison. Mais je ne suis pas triste pour maman. Elle a eu de beaux moments, une vie heureuse. Et Diana et moi avons été près d'elle jusqu'à son dernier souffle. Non, ce qui me ronge, Sergio, c'est le bilan de ma vie à moi, tout ce temps perdu. Je suis seule, sans famille, je veux dire, sans vraie famille.

Sergio ne pouvait prétendre n'avoir pas saisi l'insinuation. Il ne pouvait ignorer à quel point Clarita aurait souhaité avoir des enfants, fonder un foyer avec lui. Mais le propos lui semblait si décalé, les mots si inconvenants ! Cette conversation était si loin de sa réalité ! Il sentait qu'elle allait vite lui devenir insupportable. Devrait-il se confier à Clarita ? Lui avouer ce qu'il avait fait ? Ce qu'il entrevoyait comme châtiment dans les heures à venir ? Mais le visage défait de la femme qui se tenait devant lui l'incita à dire simplement :

— Tu n'aurais pas été heureuse avec moi, Clarita.

— C'est ce que l'on dit toujours dans ces cas-là. Laisse-moi au moins rêver, m'inventer un passé, m'imaginer le bonheur que j'aurais connu dans une vie passée à tes côtés, à t'aimer, à voir grandir nos enfants.

— Tu n'aurais pas été heureuse avec moi, répéta-t-il.

— Crois-tu que j'ai été si heureuse sans toi, Sergio ? Heureuse ! Je n'en demandais pas tant. J'aurais préféré être malheureuse avec toi. Tu le sais. Tu l'as toujours su.

— Il est tard pour parler d'amour, Clarita, je n'ai pas ta jeunesse de cœur, je suis devenu vieux et hargneux, ajouta-t-il en souriant d'un air contrit.

— Je ne te demande rien de tel, je sais bien que ce n'est pas le moment. Ce ne l'est plus. Je sens que tu traverses une période difficile et je voudrais tant que tu me laisses faire quelque chose pour toi. Si je pouvais au moins croire que tu as besoin de moi, que tu comptes sur moi, ma vie serait moins misérable.

— Tu ne peux rien faire pour moi, ni toi, ni personne, ni moi non plus d'ailleurs. Tout se passe en dehors de ma volonté.

— Dis-moi ce qui te tracasse, Sergio. Tu pars toujours pour Montréal demain, n'est-ce pas?

La question le désarçonna.

— Ai-je le choix? Je suis à bout.

— Tu dois y aller! rétorqua-t-elle peut-être un peu trop prestement.

— Rassure-toi, tous mes problèmes sont sur le point de prendre fin.

— Je l'espère, Sergio.

Il aurait tellement voulu en parler, de ses problèmes, dire enfin à Clarita ce qui le rongeait, lui confier ce qu'il venait de faire. Ne l'apprendrait-elle pas, inévitablement? Si Sánchez et ses ouvriers étaient arrêtés, elle saurait que Sergio avait été forcé de les dénoncer, Francis Cruz se ferait un malin plaisir de la renseigner. Elle comprendrait alors ses hésitations, ses doutes, ses idées de fuite, ses pensées suicidaires! Ou, si Fidel était assassiné pendant son discours, Sánchez apparaîtrait comme le libérateur, celui qui aurait débarrassé le peuple cubain d'un dictateur, et puisqu'elle avait vu Sergio en compagnie de Manuel, elle devinerait qu'il était au courant et qu'il n'avait rien révélé. Elle comprendrait enfin. Tout! Mais lui ne serait plus de ce monde, et elle n'entendrait jamais ni ses regrets ni ses remords.

— Trop tard… murmura-t-il pour lui-même.

Mais si le hasard qu'il avait mandaté à sa place avait décidé d'épargner les pauvres bougres – parce qu'au fond de son âme subsistait encore un doute, peut-être même un espoir –, parviendrait-il à apaiser sa conscience ? Pourrait-il retrouver la paix de l'esprit ? « Que vient faire ma conscience dans cet acte de lâcheté ! Un peu tard, non ? Pourquoi ce bourreau me martèle-t-il le crâne maintenant ? »

— Trop tard, trop tard, trop tard, déplorait-il.

Clarita saisit, à la voix brisée de Sergio, qu'il allait encore une fois faire dévier la conversation. À elle de découvrir ce qui rongeait le cœur de l'homme qu'elle aimait. Avait-il changé d'avis quant à sa demande d'asile politique ? Elle était déterminée à l'apprendre ce jour-là.

— À la clinique, ça va ?

Sergio ne put réprimer un soupir de soulagement. Ils allaient donc parler d'autre chose.

— Si on peut dire. On manque de tout, mais c'est un mal généralisé à La Havane. Je ne suis pas le seul médecin à déplorer la situation. C'est d'ailleurs pourquoi Fidel m'envoie à Montréal demain. Il espère me voir en revenir avec des solutions.

— Tu y crois ?

Sergio prit les mains de Clarita dans les siennes. Sur le point de lui révéler son plan de demande d'asile politique, de lui dire qu'il y avait cru mais allait maintenant y renoncer, lui faire comprendre qu'il espérait un châtiment bien plus qu'une échappatoire, il vit les yeux bleus remplis de larmes et retint sa confession. Il allait la prendre dans ses bras lorsqu'elle lui dit :

— Que trames-tu, Sergio ? Crois-tu pouvoir me cacher à quel point tu es déprimé ?

— Déprimé ? Sans doute. Désabusé, brisé. Tu vois comme moi ce qui se passe ici, Clarita. Rien ne fonctionne.

— Ce n'est pas nouveau. Tu ne t'en tireras pas aussi facilement. Dis-moi pourquoi tu réagis violemment maintenant ? Ce n'est pas d'hier que tout va mal, non ? L'application des politiques du Che par le gouvernement révolutionnaire pour libéraliser l'économie sucrière s'est avérée une catastrophe dès 1959. Alors pourquoi maintenant ?

Sergio s'était ressaisi en entendant les propos de Clarita. Il eût tant souhaité avoir cette discussion avec Ernesto et Fidel. Il dit :

— On voulait parvenir à la diversification agricole et à l'industrialisation. Mais cette politique s'est révélée désastreuse pour les cultures sucrières et Fidel a aboli le programme du Che en 1962. Il a commencé à annoncer des objectifs de production et nous y avons tous cru, ajouta Sergio, nostalgique.

— Dix millions de tonnes pour cette année ! On n'en a même pas fait huit. Et la *libreta** de rationnement va encore s'amincir. Les familles qui ne recevaient pas la moitié des denrées nécessaires à leur subsistance vont voir leur ration baisser encore du quart ! Mais pourquoi t'insurger maintenant, Sergio ?

Il ne répondit rien et sortit sur le balcon pour fumer. Clarita le suivit. Son regard croisa de nouveau celui de Sergio, il était moins triste. Elle avait compris depuis longtemps qu'il suffisait à son guerrier de repartir au combat, quel qu'il soit, pour que lui reviennent son ardeur et son énergie. Il l'entraîna vers la balançoire.

— Tu as encore la patience de m'entendre déblatérer, ma Clarita. Tu as dû si souvent te mordre la langue pour ne pas m'asséner que tu me l'avais bien dit, que tu m'avais prévenu, que tu savais que notre révolution romantique était un leurre.

— Je ne suis pas la seule, le monde entier a mis en doute l'équité de vos méthodes et de vos objectifs, rétorqua Clarita dans un sourire moqueur.

— Et vous aviez tous raison. Ces méthodes ont créé des clivages économiques irréparables.

Clarita mit un doigt sur la bouche de Sergio.

— Je sais tout ça. Dis-moi plutôt ce que je ne sais pas. Que se passe-t-il? Qu'est-ce qui ne va pas? C'est à l'agence que tu as des problèmes? Y travailles-tu toujours? Tu n'en parles jamais.

— Oui, enfin, je crois bien que j'y travaille toujours.

— Tu n'en es pas sûr?

— Tu sais aussi bien que moi que personne ici n'est jamais certain de quoi que ce soit. J'ai bien peur que Peter Grove ait des ennuis à cause de moi.

— De quel genre?

— Du genre qu'un journaliste étranger peut avoir à Cuba. J'en saurai plus long dans quelques heures.

— En quoi les problèmes de Peter te concernent-ils?

— De plusieurs manières. Je l'ai encouragé à s'engager dans des projets risqués pour lui, j'ai longtemps accepté son aide dont je ne veux plus maintenant, et il se pourrait aussi que je vienne de le compromettre en le mettant au courant d'une affaire tordue.

— Quelle affaire?

— Un travail de traduction un peu compliqué.

— Ce n'est pas très clair, Sergio. Je voudrais pouvoir t'aider, mais je vois bien que tu ne veux rien me dire.

— Tu ne peux pas m'aider, Clarita. Mais je voudrais que tu me fasses une promesse.

Les yeux de Clarita retrouvèrent un instant leur éclat.

— Une promesse ?

— Dis-moi que tu comprendras, que tu ne me jugeras pas et, surtout, promets-moi de ne plus pleurer pour moi. Promets-le-moi, Clarita.

Le sourire qui lui était venu à l'instant s'effaça de son visage.

— Arrête, Sergio ! Tu m'effraies. Explique-toi ! On dirait les dernières paroles d'un condamné à mort.

— Promets tout de même, Clarita, je t'en prie, j'ai tellement besoin de croire que tu comprendras !

— Mais tu sais bien que jamais je ne te jugerai ! Je t'aime, Sergio, je t'aime tellement et depuis si longtemps ! Je t'en supplie, cesse de faire celui qui ne sait pas, c'est douloureux.

Il vint vers elle, caressa sa joue, l'air suppliant.

— Je ne suis pas certaine de comprendre. Mais je te promets d'essayer, si c'est ce que tu souhaites. Est-ce si important pour toi ? Et où seras-tu lorsque je ferai cet effort ? Pourquoi ne pas essayer de tout m'expliquer maintenant? Ta vie est-elle en danger, Sergio? Je t'en supplie, ne me laisse pas dans le doute!

Sergio s'éloigna d'elle. Il prit le temps de verser de l'eau dans des verres, d'en offrir un à Clarita et de boire l'autre avant de lancer d'un seul trait:

— Oui, ma vie est en danger. Il se peut qu'on vienne m'arrêter très bientôt…

Clarita ne le laissa pas poursuivre.

— T'arrêter? Sergio! Mais pourquoi? Pourquoi? hurla-t-elle.

— Pour un crime que j'ai commis soit aux yeux de Fidel, soit aux miens. Je vais disparaître, d'une façon ou d'une autre, je devrai disparaître. Le moment venu, dis-toi simplement que je n'avais pas d'autre choix. Tu ne pourras pas éviter d'entendre les commentaires autour de toi, mais je voudrais tant que tu les ignores.

— Tu pars au Canada demain, Sergio! Non? Dis-moi que tu vas à ce congrès!

Elle éclata en sanglots. Sergio se retint quelques instants de la prendre dans ses bras, mais ne résista pas à ses larmes.

— Oui, je pars demain, confirma-t-il, souhaitant que Clarita ne relève pas l'ambigüité de sa réponse.

Puis, la serrant contre lui, déposant des baisers dans ses cheveux, sur son visage, il ajouta:

— Je t'aime tant, mon amour. Et de ne pas te l'avoir dit tous les jours de ma vie est mon regret le plus amer.

— Moi aussi, je t'aime, tu es le seul amour de ma vie, Sergio, et je voudrais tellement que tu cesses de souffrir !

Sergio tira doucement sur le ruban qui retenait son chignon et entremêla ses doigts aux boucles soyeuses, effleurant la nuque et les épaules de Clarita. Il prolongea la caresse, elle frémit. Sergio sentit qu'elle s'abandonnait. Il murmura des mots tendres et passionnés à son oreille, et la chaleur de son souffle la fit gémir. Sa bouche trouva la sienne, Clarita entrouvrit les lèvres, le baiser se prolongea. Ils chancelèrent dans les bras l'un de l'autre.

Toujours enlacés, ils firent quelques pas. Clarita entendit la porte claquer et perçut le cliquetis du loquet. Les mains de Sergio se hasardèrent sous son chemisier. Chaque caresse la faisait tressaillir. Sergio avait défait les boutons de sa jupe qui glissa à ses pieds. Elle sentit ses genoux fléchir. Ils restaient là, à s'étreindre, elle à demi-nue entre ses bras. À son tour, Clarita effleura la nuque de Sergio, là où les mèches grises flottaient. Il retira ses vêtements et l'attira vers le canapé. Ensemble, ils perdirent l'équilibre. Elle entendit la voix rauque de Sergio la supplier :

— Dis-moi de partir, Clarita, mon amour… dis-moi de m'en aller. Je n'ai pas le droit, je suis si…

Elle posa sa main sur la bouche de Sergio, lui signifiant de se taire, et murmura :

— Si tu savais comme je te désire ! Je ne veux que toi depuis toujours.

Sergio eût voulu arrêter le temps. Clarita offerte, torride dans ses bras. Pourquoi ne l'avait-il pas tenue ainsi toute sa vie ! Ce fut elle qui resserra l'étreinte et Sergio sentit ses seins charnus pressés sur sa poitrine. Clarita se fondait contre lui, à la portée de sa bouche. Lovée contre le corps chaud et tendre qu'elle n'avait jamais oublié, elle consentit à tout. Ils firent l'amour longuement.

CHAPITRE 22

Samedi 25 juillet 1970, 14 h 10

Essoufflé, Francis fit une entrée fracassante dans la cuisine. Clarita et Sergio, les yeux rougis par les larmes et les lèvres gonflées de baisers, se souriaient tristement devant des cafés froids.

— Bonjour, les amoureux!

Clarita se leva. S'adressant à Sergio qui n'avait pas réagi, Francis dit:

— Tu as beaucoup dormi, à ce que je vois. Tu n'es sans doute pas au courant des dernières nouvelles.

Les dernières nouvelles. Serait-ce encore le milicien qui avait été mandaté? Était-ce son colocataire qui allait lui apprendre qu'on avait trouvé la lettre explicite plutôt que la feuille blanche anonyme?

Clarita s'affairait à l'évier. Ayant rincé les tasses, elle versa du café dans la plus grande qu'elle offrit à Francis.

—Alors, tu es au courant? redemanda-t-il.

Tentant de ne rien laisser paraître de son trouble, surtout pour ne pas affoler Clarita, plus perspicace que le militaire, il s'en prit au bruit que faisait Francis qui tapotait sur la table avec ses gros doigts. Il lui saisit brusquement la main.

—Arrête! J'ai mal à la tête. As-tu trouvé un endroit où t'installer? Tu es venu chercher le reste de tes affaires, je suppose? tenta Sergio pour éviter une conversation qu'il redoutait.

—Tu ne veux donc pas entendre ce que j'ai à te dire? s'offusqua Francis en se levant, prêt à partir.

—Qu'as-tu donc de si urgent à raconter?

—J'ai deux ou trois choses à faire… s'empressa de dire Clarita en se dirigeant vers la porte.

—Ne pars pas, Clarita.

—Je ne veux pas vous déranger, Francis a des choses à te confier.

—Je te demande de rester. Tu ne nous déranges pas. Tu ne me déranges jamais, ajouta Sergio d'une voix douce qui ne pouvait tromper, même le rustre qui se tortillait sur sa chaise.

Clarita acquiesça d'un petit signe de la tête et reprit sa place à table de même que le milicien qui soufflait nerveusement comme s'il en avait tant à dire qu'il ne savait plus par où commencer.

— Alors ?

— Il paraît que Peter Grove aurait été en possession d'un document qui fera beaucoup de bruit.

Sergio fronça les sourcils. Le milicien n'était donc pas là à cause de l'enveloppe du cimetière, mais plutôt parce qu'il aurait été mis au courant de la dénonciation des ouvriers de Matanzas par Sánchez.

— De quoi parles-tu exactement ?

— D'un document qui en dirait long sur les activités du journaliste avec la CIA. Un complot de sabotage ! Un coup fumant !

— La CIA !

Sergio se claqua sur les cuisses.

— Encore la CIA ! Vous êtes tous paranoïaques. La CIA par-ci, la CIA par-là ! Nous n'avons pas besoin de ces crétins-là pour nous espionner les uns les autres, ne crois-tu pas ? Tu devrais le savoir mieux que quiconque, mon cher Francis ! Un coup fumant ! Quel coup ? Je pense que tu ne sais rien, et que tu inventes, comme toujours, pour te rendre intéressant.

Piqué au vif, rouge de colère et plus essoufflé qu'à son arrivée, Francis explosa :

— Je ne sais rien? Moi, je ne sais rien? Je sais que le journaliste s'est présenté à l'ambassade du Canada à l'aube ce matin et que le consul canadien était au ministère de l'Intérieur quelques heures plus tard, avec un document.

Sergio se rembrunit.

— Mais d'où tiens-tu ces informations? N'essaie pas de me faire croire que les services consulaires canadiens te font des rapports ou te consultent!

— Non! Des bribes de renseignements que j'ai mises bout à bout.

— Des bribes! Tu as tout compris de travers. Je suis au courant de ce document. Mais toi? Tu écoutes aux portes? Dans les ambassades?

— Je n'ai aucun besoin de regarder par les trous de serrure. J'ai des amis.

— Des employés locaux?

Ce que Sergio lut sur le visage du milicien lui donna la chair de poule. Oui, c'était un fait. Cette couleuvre avait des amis, sinon des complices. Dans toutes les ambassades, les employés cubains avaient des dénonciations à fournir, voire à fabriquer pour les autorités. Tout le monde était au courant, les ambassadeurs, les consuls, tous les diplomates en poste à La Havane. Il était en effet possible qu'on ait eu vent d'un coup de fil ou d'une visite de Peter Grove à l'ambassade du Canada ce matin-là. Peter s'y était-il rendu pour discuter de ce document compromettant ou pour finaliser le départ d'un « demandeur d'asile » ?

— Tu ne devrais pas ébruiter ce que tu viens de me raconter. C'est peut-être beaucoup plus dangereux que fumant, ajouta Sergio, maintenant persuadé que le document de Matanzas déposé à l'agence par Manuel Sánchez était celui que Peter aurait pris la précaution de confier à son ambassade.

— Dangereux ? Pour qui ? Pas pour moi, rassure-toi. Peux-tu en dire autant ? Apparemment, il y a déjà eu des arrestations.

Sergio avait blêmi. Francis lui apportait-il la réponse qu'il craignait tellement d'entendre ? L'agent des services secrets eut peur de comprendre que l'enveloppe qu'un suppôt du gouvernement avait retirée de la tirelire du cimetière allait finalement faire de lui un traître stigmatisé par le régime, un lâche à perpétuité. Il ne porta même pas sa main à l'estomac, l'ulcère pouvait bien le consumer jusqu'aux entrailles, Sergio ne se défendrait plus.

— Des arrestations ? Qui a-t-on arrêté ? Quand ? Parle !

Le ton de Sergio avait changé. Clarita laissa tomber la tasse qu'elle allait ranger sur la desserte.

Elle ne pouvait manquer d'établir une relation entre la conversation qu'elle avait eue avec Sergio et ce que Francis était venu lui annoncer.

— Patience, patience. Je commence à t'intéresser, non ? demanda Francis en se pourléchant goulûment les lèvres.

— M'intéresser ? prononça difficilement Sergio.

— Apparemment, tu aurais bien fait ton travail. Toutes mes félicitations, *compañero* !

Sergio s'était levé. Ses mains tremblaient, ses jambes aussi.

— Que sais-tu de plus ? trouva-t-il la force de demander.

— Rien, pour le moment. En tout cas, rien dont je puisse te faire part maintenant, ajouta le milicien sur un ton condescendant. Je dois vous quitter là-dessus, j'ai un rendez-vous qui ne peut attendre.

Francis s'était rendu intéressant, avait intrigué, sans doute inquiété ses interlocuteurs, il n'en demandait pas davantage.

— On se retrouve demain sur la Plaza pour entendre le plus important des discours de Fidel ! ¡*Venceremos* ! conclut-il en claquant la porte derrière lui.

Livide, Sergio avait pris appui au dossier d'une chaise.

— Que se passe-t-il, Sergio? De quelles arrestations s'agit-il? Parle-moi! s'écria-t-elle.

Toujours immobile, fixant le sol, Sergio dit:

— Une machination perverse. Ils devaient tout savoir depuis le début.

— Qui? Le ministère, les services secrets?

— Tous, ils savent toujours tout. Tous.

— Savent tout quoi? Quelle machination?

— « L'affaire Sánchez ». Ils avaient sans doute été mis au courant comme ils le sont toujours: grâce à la traîtrise.

— Qui a trahi qui, Sergio?

— C'est sans importance maintenant. Nous sommes tous des Judas et des Christ, non? Des traîtres et des victimes, nous n'arrivons plus à faire la différence parce que nous sommes les deux à la fois.

— Que racontes-tu, mon amour? Tu n'as trahi personne, toi!

Les mains crispées sur le dossier de la chaise, le regard toujours rivé au sol, Sergio dit d'une voix blanche:

— Ils auraient donc reçu ma lettre. Ils attendaient ma réaction. Ils voulaient d'abord voir ce que j'allais inventer pour m'en sortir. Allais-je les aviser? Quand? Comment? Ils ont attendu jusqu'au dernier moment. Oui, une machination perverse.

Tous les agents du ministère étaient très certainement au courant du complot.

— Quel complot ? Tu as dénoncé un complot?

Effondrée, Clarita vint se blottir dans ses bras. Sergio n'avait plus qu'une idée en tête, courir chez la tante de Manuel, malgré les consignes. Qu'avait-il à perdre?

— Je dois y aller. Attends-moi.

— Reviens vite.

Sergio s'engouffra dans sa vieille Mercedes.

CHAPITRE 23

Samedi 25 juillet 1970, 15 h

Sergio roulait vite, le regard vide, le souffle court. Perdu dans ses pensées, il ne remarqua pas, tout au long de l'avenida de Los Presidentes, combien lente et terne s'écoulait la vie des autres, dilapidée à courir les arrivages de denrées. Il ferma aussi les yeux sur le délabrement de la ville, stigmate de celui non moins irréversible de la situation économique de son pays tout entier. Il ne ressentit pas, non plus, la chaleur lourde qui enfonçait l'île dans la mer tout aussi sûrement que sa dette envers les Russes l'entraînait vers l'abîme. Il grilla un feu rouge, faillit emboutir une voiture sans entendre les imprécations de l'automobiliste et descendit vers la mer. Parvenu à la Casa de las Américas, Sergio entrevit à peine la chapelle bleue dispensatrice de prix littéraires, soucieux au point de n'avoir pas même une pensée pour le pauvre Jorge Luther.

Le cœur serré, il s'engagea sur le boulevard du Malecón, traversa le tunnel et franchit les derniers kilomètres qui l'amenaient à Tarara. La rue était animée en cette veille du 26 juillet. Distrait par un trafic inhabituel dans ce quartier, ce n'est qu'arrivé devant la maisonnette de la tante de Manuel qu'il se rendit compte que des gens étaient attroupés sur la terrasse. Il les vit qui gesticulaient, discutant à voix basse, l'air alarmé. Des femmes pleuraient. Sergio recula. La prudence lui dictait de rester invisible, au moins pour le moment. Il descendit sur la plage plutôt que de rejoindre le groupe d'hommes et de femmes réunis chez Rosa. Le bruit des vagues qui frappaient contre la digue l'empêchait de suivre les conversations. Des mots s'échappaient, des bribes de phrases lui parvenaient, alarmantes : « dix heures... quatre, cinq... la Cabaña... sais pas... attendre retour... Manuel Sánchez... Pas Manuel !... tous fusillés... »

Cela lui suffisait. L'agent du G2 savait maintenant, sans l'ombre d'un doute, que la feuille retrouvée dans la tirelire du cimetière n'était pas blanche mais couverte des mots d'Iscariote. Manuel et d'autres qu'il ne connaîtrait jamais avaient été arrêtés, peut-être même exécutés. Et lui était toujours là, au supplice. Personne encore n'avait donc mentionné son nom dans cette affaire ! Cela semblait impossible à Sergio qui avait vécu tellement intensément la genèse de ce complot.

Sergio mit quelques instants à reconnaître la tante de Manuel Sánchez, la tante Rosa. Il vit qu'une vieille dame enroulée dans un châle noir sanglotait à l'écart. La mort dans l'âme, il s'approcha d'elle.

— Ils l'ont pris, ils l'ont emmené, pleurait-elle. Mais ils font erreur, mon neveu est un bon révolutionnaire. Ils se trompent. Manuel travaille pour le régime, il a des amis au ministère. Vous le connaissez ? Je vous en prie, allez leur dire qu'il est un bon révolutionnaire.

Elle était tellement ridée, tellement menue dans sa robe noire prête en permanence pour un jour comme celui-ci. Sergio eut envie de la prendre dans ses bras.

— Est-ce que Manuel est votre ami ?

— Bien sûr... Enfin, je le connais un peu, bredouilla Sergio.

La vieille femme se moucha avant de poursuivre.

— Ils étaient tous ici. Mon neveu et ses camarades étaient venus du *campo* pour le discours.

Sergio comprit qu'il s'agissait des recrues de Manuel.

— Ils discutaient pendant que je leur versais du café, racontait la vieille dame. Puis ils sont arrivés. Une dizaine ! Ils étaient dix, armés jusqu'aux dents. Les militaires n'ont rien dit, les garçons non plus. Pas un mot.

Pour la vieille tante Rosa, Manuel, malgré toutes ses responsabilités à la centrale, n'était toujours qu'un enfant, un petit garçon qu'elle avait élevé et aimé.

— Ils leur ont passé les menottes et les ont emmenés. Pour les fusiller, tous. Manuel m'a embrassée et il m'a dit : « Ne t'inquiète pas, je reviendrai, je te le promets, je reviendrai. » Je ne demande pas mieux que de le croire, moi. Mais on dit partout qu'ils ont été fusillés dès leur arrivée à la Cabaña, on le dit partout, tout le monde le dit, se remit-elle à sangloter.

— Gardez espoir, Rosa, peut-être que toutes ces rumeurs seront rapidement démenties. Les gens imaginent toujours le pire avant de raisonner calmement. Peut-être que Manuel et les autres ont été emprisonnés, mais on les jugera d'abord et rien ne prouve qu'ils seront exécutés.

Sergio déglutit péniblement, écœuré par les sornettes qu'il débitait.

— Ne pas pleurer ? Ne pas m'inquiéter ? C'est impossible, monsieur. Manuel est tout ce que j'ai au monde, je l'ai élevé. Doux, docile, un si bon garçon. Je veux bien garder l'espoir qu'il soit encore en vie, mais pour combien de temps? Ils les fusillent tous! Toujours!

Sergio la serra dans ses bras et l'entraîna à l'intérieur de sa maison. L'endroit était humble, bien rangé. Partout des images du Che et du Sacré-Cœur de Jésus, et plusieurs photos de Manuel. Ses trois idoles, sans aucun doute.

— Manuel reviendra, puisqu'il vous l'a promis.

Sergio n'y croyait pas, mais que pouvait-il dire d'autre? Pourquoi ment-on aux vieillards et aux enfants, sinon pour leur épargner des souffrances inutiles? Sans doute sont-ils trop purs pour que la vie leur soit présentée telle qu'elle est. Sergio embrassa la tante de Manuel Sánchez, un autre martyr d'une autre révolution, et la honte l'envahit de nouveau. Judas. Il allait jusqu'à faire les mêmes gestes. Quels innocents avait-il livrés? Il ressentit des remords tels qu'il eut envie de crier: «C'est moi, c'est moi qui les ai dénoncés, tous! Manuel, les jeunes du *campo*, les autres, tous!» Il eût voulu reprendre cette maudite lettre. Son crime était tellement lâche.

— Merci, murmura la vieille dame.

Sergio ne sentait même plus sa douleur au ventre. Sans doute que l'ulcère avait tout dévoré.

— Je vais rentrer… rentrer chez moi…

« Rentrer, prendre un bain, dormir, me rendre à la Plaza demain, écouter jusqu'à l'écœurement un discours aussi vide que véhément et retourner à la clinique lundi. Tout oublier. » La vieille dame sanglotait toujours. Non, au contraire, il ne devait rien oublier. Plutôt courir dans les rues et hurler qu'il n'était qu'un traître jusqu'à ce qu'on l'arrête à son tour. Qu'on l'enferme, l'interne, le fusille, peu importe. Rien ne pourrait abaisser la paupière sur l'œil qui le poursuivrait jusque dans sa tombe. Judas et Caïn aussi.

— Je délire, murmura-t-il.

Il sortit. La terrasse de la maisonnette de Rosa donnait sur la plage. Un long moment immobile, scrutant l'horizon, il se répéta qu'il était perdu. Puis il marcha jusqu'à la mer et s'allongea dans le sable mouillé. Le cri des mouettes qui planaient au-dessus du ressac se mêlait à ceux des enfants. Le jour tombait, tango.

Sorti de sa langueur, Sergio se leva pour monter à bord de sa vieille Mercedes qui roula sur une vingtaine de kilomètres avant de rendre l'âme à la sortie du tunnel. Elle refusa de redémarrer. L'incident le fit sourire. Il avait désormais tout son temps. Il se sentait tout à coup détendu. Abandonnant sa voiture, il erra longuement, marchant d'un pas sans rythme. Plus rien ne le pressait, plus personne ne l'attendait. Il laissa libre cours à ses pensées.

— Clarita, mon pauvre amour…

La mort qu'il avait pressentie ne ressemblait en rien à celle qui s'installait en lui. Il avait cessé d'attendre, de croire, d'espérer. Il avait trahi ses pairs. Lui seul le savait, eux ne l'apprendraient jamais. On les avait fusillés ou on les fusillerait sans explication. On ne leur dévoilerait pas plus le nom du traître que ceux des bourreaux. Mais lui, Sergio Masíquez, savait qu'il les avait sacrifiés, pas seulement dénoncés. Si au moins il l'avait fait au nom d'un idéal, par conviction, cette dénonciation aurait peut-être pu passer pour un acte héroïque. Mais Sergio avait voulu avant tout épargner la vie de son ami dictateur, en qui il n'avait même plus confiance, et non pas sauver celle du guérilléro dont il partageait jadis les idées et les rêves. C'est guidé par la peur, par le désabusement et par le désespoir, et non par la foi en un homme ou en un système comme cela avait été le cas par le passé, que Sergio Masíquez avait protégé la vie de Fidel Castro. Ce mobile faisait de lui un lâche, et non un héros. Rien ne pouvait excuser, racheter un geste d'une telle bassesse. Pourtant, il avait été écrit que cette faute pouvait être pardonnée, on lui avait appris que le Christ livré pardonne à Judas repenti.

Mais il n'y croyait plus depuis longtemps. Ce serait trop facile d'y revenir maintenant. On regrette toujours un acte malveillant, pour une raison ou pour une autre. Ce n'est pas suffisant pour que la faute soit à jamais effacée. Sergio avait commis le pire des crimes, celui qui n'est pas puni. Son unique sanction serait de continuer à vivre avec des ulcères à l'estomac, au cœur et à l'âme. À moins qu'il ne se châtie lui-même. Judas l'avait fait. Sa vue s'embrouilla, il ressentit une grande chaleur dans tout le corps avant de plonger dans le noir.

~

Lorsqu'il revint à lui, il ne reconnut pas la personne penchée sur lui. D'autres, autour, chuchotaient.

— Qui est-ce ? demanda un passant.

— Il n'est pas du quartier.

— Mais que s'est-il donc passé ? demanda un autre.

— Je l'ai vu tomber sur le trottoir…

— Il s'est évanoui, juste là…

— Où suis-je ? demanda Sergio, faisant un effort pour se remettre sur ses pieds.

— Calle San Lázaro. Où alliez-vous ?

Il n'avait rien à répondre à cette question qui lui parut déplacée. Il ne voulait même pas se rappeler son nom.

— Nous pourrions appeler un membre de votre famille, un ami?

Un ami? Il était si seul. N'avait-il pas tenu, le matin même, une femme entre ses bras? Pourrait-il encore la regarder dans les yeux, répondre à son sourire? Non, ses baisers à lui n'auraient jamais plus la saveur de la tendresse. Judas s'était pendu, oui. Il allait devoir en faire autant.

— Vous devriez avaler quelque chose avant de repartir, suggéra un des bons Samaritains.

Manger? Il avait mangé… une omelette… une soupe au lard… C'était tellement loin. Depuis, il y avait eu des lettres, des arrestations, des morts.

Une jeune fille lui tendit un morceau de pain.

— Prenez, c'est toujours ça, en attendant.

En attendant! Tous les mots lui semblaient démesurément vides de sens. En attendant quoi? qui? Godot? «Mais je n'attends plus rien ni personne, s'entendit-il hurler dans sa tête. Tout est mort, il ne me reste que du temps.» Il but le verre d'eau qu'une autre main lui tendait. On l'observait en silence. On aurait voulu qu'il parle, qu'il s'explique, qu'il se présente. Mais il n'en fit rien. Les remerciant du bout des lèvres, il entreprit de remonter la rue, chancelant. Il passa devant l'université ; la vue du grand escalier le déséquilibra, il eut un vertige et craignit de s'évanouir de nouveau. Assis sur la première marche, il attendit que les forces lui reviennent. Retrouverait-il seulement le courage de se laisser tomber sur le pavé ? Des gens montaient et descendaient autour de lui, affairés. Il les entendait discuter, rire, s'interpeller. Tout cela, c'était la vie. Il n'en faisait plus partie.

— Allez, courage, Sergio !

Il crut entendre sa mère : « Tu peux le faire, mon garçon, tu peux ! » Il ressentit soudain une étrange envie de pleurer. Il s'était de lui-même coupé du monde et ce monde, il le réclamait soudain de toutes ses forces. La solitude lui pesait plus que jamais et personne ne le chercherait là. Il lui fallait parler à un proche. Acha, Clarita, Peter, même Francis. Il se releva.

Après un parcours entrecoupé d'arrêts, lorsqu'il arriva enfin chez lui, toute la rue était plongée dans l'obscurité. Se traînant jusqu'à la porte de sa chambre, il vit qu'elle était entrebâillée et eut l'espoir d'y trouver quelqu'un. Personne pourtant. Sans même fermer derrière lui, il s'écroula sur le vieux canapé, témoin de ses angoisses, de ses insomnies et de ses cauchemars.

CHAPITRE 24

Dimanche 26 juillet 1970, 6 h

À l'aube du jour J, la sonnerie du téléphone le fit sursauter. Il laissa sonner. Il ne voulait rien entendre et n'avait plus rien à dire. Ce téléphone lui apparut aussi inutile que lui-même.

— Allô?

Alertée par la sonnerie prolongée lui parvenant par les fenêtres et les portes ouvertes de la maison voisine, Clarita s'était précipitée pour décrocher. Clarita, toujours présente, toujours vivante, accourant pour tout, tout le temps.

— Oui? Alicia Bandera-Masíquez? En effet, c'est la belle-sœur du docteur Masíquez… Je comprends… Oh, mon Dieu! Bien sûr! Tout de suite, oui, oui, vous pouvez compter sur moi.

Clarita s'approcha de Sergio et s'assit à ses côtés. Il avait à peine ouvert les yeux. Elle prit sa main froide et moite. La sienne était soyeuse et tendre.

— Tes mains sont douces…

— Sergio, Sergio, réveille-toi. C'était la clinique. Réveille-toi, je t'en prie, mon chéri.

« Mon chéri. » Sans fournir le moindre effort pour entrouvrir une paupière, Sergio souriait béatement.

— Sergio, tu m'entends ? C'était la clinique. Alicia, la femme de ton frère Carlos, elle ne va pas bien du tout. Et l'infirmière dit qu'elle est sur le point d'accoucher.

— Quel jour sommes-nous ?

— Dimanche, le 26. Ta belle-sœur te réclame, Sergio. On te demande de venir tout de suite à la clinique, ton frère n'est pas là et elle va avoir son bébé d'un moment à l'autre.

— Alicia… Alicia ! s'inquiéta enfin Sergio. Mais que se passe-t-il ? Son enfant n'est dû qu'en octobre ! Aux dernières nouvelles, sa grossesse se déroulait très bien. Où est Carlos ? Il devait revenir pour le discours ! Mon frère n'est pas auprès d'elle ?

— Je n'en sais rien. Dépêche-toi ! L'infirmière a dit qu'Alicia était très souffrante. Vite, je t'en prie.

Clarita courut vers la cuisine lui préparer un sandwich et un café pendant qu'il prenait une douche froide. Il ne mit pas plus de cinq minutes pour se rendre à San Cristóbal en taxi, se disant que le destin était tout à fait déconcertant. L'avant-veille, lorsqu'il avait franchi le seuil de la clinique, le cœur lourd, il pensait que c'était la dernière fois. Il avait choisi de ne plus être médecin, par respect, par conviction, à cause de l'acte qu'il s'apprêtait à accomplir – ou non. Comme tout cela était loin.

Endossant la tunique restée accrochée à la patère dans son bureau, il se précipita à l'étage jusqu'à la salle d'accouchement.

— Carlos! Carlos!

Le regard fou, Alicia hurlait. Sergio s'approcha et prit ses mains dans les siennes pour tenter de la calmer.

— Alicia! Que t'arrive-t-il? Calme-toi, ma chérie, allez, reste calme, respire, c'est ça… tout va bien aller. Je suis là.

— Carlos, Carlos! C'est toi?

— Non, c'est Sergio, Alicia. Regarde-moi. Écoute-moi! Carlos va venir, il sera là dans quelques minutes, calme-toi, ma chérie.

Les yeux révulsés, Alicia se mit à rire de façon démente. Sergio craignit le pire pour elle et pour l'enfant.

— Laisse-moi voir où nous en sommes, Alicia! Je t'en prie, calme-toi, tu ne veux pas perdre ton enfant, dis-moi?

Elle s'agrippait à Sergio.

— J'administre un peu d'éther, docteur?

Sergio vit le flacon sur l'étagère roulante.

— Docteur Masíquez?

Alicia enfonçait ses ongles dans les avant-bras de son beau-frère. Puis un hurlement fendit l'espace.

— Docteur? supplia l'infirmière.

Mais rien ne vint. Le front de Sergio ruisselait de sueur. Ses mains tremblaient. Un second cri retentit, plus déchirant encore, avant qu'Alicia ne tombe sur l'oreiller.

— Légèrement, réussit à balbutier le médecin.

Une infirmière répandit quelques gouttes d'éther sur un masque qu'elle plaça sur le visage convulsé d'Alicia. Sergio s'empressa de l'examiner pendant que tout le personnel s'affairait autour d'elle, vérifiant la pression artérielle, les battements du cœur, la température. Ayant redemandé à trois reprises les résultats des signes vitaux de l'enfant, Sergio s'obstina à recommencer les tests. Les examens du médecin se prolongeaient.

— Je n'entends plus le cœur du bébé, osa enfin une infirmière.

Ne tenant aucun compte du diagnostic, Sergio s'acharnait. Puis les ordres diminuèrent et les cliquetis des instruments cessèrent. Le calme et le silence qui s'imposèrent soudain après toute cette agitation n'auguraient rien de bon. Chacun n'avait que trop bien compris ce qui s'était passé cinq minutes plus tôt. L'infirmière saisit la main du médecin et l'immobilisa jusqu'à ce qu'il capitule. Décontenancé, Sergio s'avoua vaincu.

— C'est trop tard, on a perdu. Je n'ai pas pu sauver l'enfant, il est mort, prononça Sergio d'une voix étouffée. Préparez ce qu'il faut.

Alicia revenait à elle peu à peu, perdue. Elle divaguait.

— Carlos ! C'est notre bébé ! Je veux mon bébé ! Donnez-moi mon bébé ! Il n'est pas mort, vous mentez ! Ne m'abandonne pas, Carlos…

— Mais où est donc mon frère ? N'est-il pas de retour de l'île des Pins ? Pourquoi ne l'a-t-il pas accompagnée ?

L'infirmière détourna la tête, des larmes roulaient sur ses joues. Serrant les poings, visiblement accablé, Sergio se retenait de crier.

— Quelqu'un va-t-il enfin me dire ce qu'il se passe ? Qui a amené ma belle-sœur à la clinique ? Où est mon frère ?

— Donnez-moi mon bébé ! Où est mon bébé ? Je veux mourir ! hurlait Alicia.

— Mais que dis-tu ? Tais-toi ! Il n'est pas question que tu meures !

L'infirmière reversa des gouttes d'éther sur le masque. Alicia s'apaisa. Une assistante s'approcha de Sergio pour lui expliquer à voix basse :

— Léo et Renata Brasero, des voisins, ont amené votre belle-sœur ici. Elle était affolée. Elle venait d'apprendre que son mari a été arrêté avec un groupe d'ouvriers de Matanzas.

— D'après les rumeurs, certains d'entre eux auraient même été… fusillés en arrivant à la Cabaña, bredouilla une autre infirmière.

Sergio dut prendre appui sur le lit d'Alicia.

— Non ! Pas Carlos ! Pas mon petit frère ! gémit Sergio. C'est impossible ! Carlos était à l'île des Pins, il ne devait revenir à La Havane que cet après-midi, comment l'aurait-on… Il était dans le *campo*, pas à Matanzas…

Les mots moururent dans sa bouche.

— Il a certainement été arrêté par erreur. Il a peut-être déjà été relâché, tentait de se reprendre l'infirmière.

— Mais mon frère n'a jamais travaillé à Matanzas. Je vous dis qu'il était dans le *campo* et qu'il n'arrivera à La Havane que dans quelques heures, s'obstinait Sergio.

— Dans le *campo* ? s'étonna un stagiaire. D'après ses voisins, les Brasero, votre frère était à La Havane depuis plusieurs jours.

— Depuis plusieurs jours… répéta Sergio d'une voix étouffée, comme si ce détail expliquait la tragédie.

—Il était à Tarara avec des amis venus de Matanzas avec lui. On les aurait tous arrêtés ensemble.

Sa belle-sœur semblait plus calme. Sergio revint vers elle et lui prit la main.

—Alicia… pardon.

Alicia sombrait dans le sommeil. Son petit visage était blanc comme le drap. Sergio n'avait pu sauver l'enfant de son frère, il lui fallait à tout prix sauver sa femme. Mais Alicia retrouverait-elle jamais le courage de faire face à la vie après ce qu'elle avait vécu ce jour-là à cause de lui ?

Se traînant hors de la pièce, Sergio s'isola pour pleurer. Manuel Sánchez s'était bien gardé de lui dire que son frère faisait partie de ses plans. « Des jeunes du *campo* », s'était-il contenté de mentionner. Un gémissement lui échappa. « Pas de noms, c'est trop dangereux », répétait Sánchez, impitoyable. Il savait trop bien que Sergio ne l'aurait jamais laissé entraîner son frère de vingt-cinq ans dans cette aventure suicidaire. Carlos était un garçon loyal et courageux. Tellement amoureux de sa jeune femme et si fier de devenir papa. Ce demi-frère, que leur père adorait et choyait comme un chérubin, avait été arrêté et fusillé à cause de lui.

Sergio pleura longuement. Lorsqu'il revint, défait, au chevet de sa belle-sœur, il la trouva sans force. Inerte, elle ne l'accusait pas encore.

S'adressant au médecin de garde, Sergio lui ordonna de rester auprès d'Alicia et de tout faire pour alléger ses souffrances. Les deux infirmières lui promirent de rester aussi. Sergio retira son sarrau avec la certitude, cette fois, qu'il ne l'endosserait jamais plus. Il descendit lentement l'escalier de pierres, marcha jusqu'à la rue sans un regard pour le vieil édifice où il avait passé les meilleurs moments de sa vie. Il ne put toutefois s'empêcher de jeter un œil sur l'affiche recouvrant toute une façade de l'immeuble d'en face, représentant Che Guevara et son *Hasta la victoria siempre*. Che, le plus grand de tous les immolés. Manuel, Carlos, les ouvriers de Matanzas, des martyrs, et lui, un Judas.

— Et le sang coule encore dans mes veines.

Lui, le commandant Sergio Masíquez, était toujours là, n'espérant même plus sa condamnation. Les assassins qu'on ne recherche pas trouvent eux-mêmes leur châtiment. Et Sergio le ressentait cruellement. Son seul espoir de se voir un jour accusé et condamné ne pouvait plus lui venir que d'Alicia. La jeune femme de son frère devait vivre pour apprendre la vérité, la crier, et voir son beau-frère payer sa traîtrise de sa propre vie.

Sergio s'immobilisa. Ses mains cherchèrent ses yeux pour les cacher. Il se détesta d'attendre encore quelque chose de quelqu'un, même si c'était une condamnation à mort. Ne pourrait-il trouver la sanction et se l'infliger ? C'était de lui-même que devait venir le châtiment. Si encore il avait eu la force d'accomplir ce dernier geste. Ou mieux, d'aller d'abord à la Plaza et tirer sur *el caballo* à bout portant. Au moins tous les autres ne seraient pas morts inutilement. Mais il ne savait que trop bien qu'il n'irait pas jusque-là.

C'était lui, d'ailleurs, le traître qui devait mourir. Pas son ami Fidel. Qu'il ait tort ou raison.

CHAPITRE 25

Dimanche 26 juillet 1970, 15 h

Sergio avait attendu en vain. Rien ne s'était produit. Le hasard avait-il fait en sorte que son geste de lâche tourne à son avantage ?

Fidel allait bientôt entamer un discours interminable qui se voudrait l'apothéose de la grande *zafra* historique. Sergio ressentit tout à la fois de la nostalgie et de l'amertume en se rappelant comment en ce même jour, dix-sept ans plus tôt, à l'instar des jeunes frères Castro, d'Abel Santamaria et de tous les autres, il n'avait pas éprouvé le moindre doute quant à la légitimité et l'historicité de l'attaque pourtant meurtrière du Moncada. Mais il fut envahi simultanément par l'abattement et le dégoût en se revoyant, onze ans plus tôt, encore un 26 juillet, lors de l'institution de la fête nationale de Cuba, aux côtés du Che, de Camilo, de Raúl et de Fidel, tous fiers de leur victoire et prêts à parier leur vie sur le succès de leur révolution. Et cette grande *zafra* de l'année 1970 devait être la consécration de leur guérilla ! Mais défroqué, Sergio ne voyait plus que l'immense fiasco que leur sacerdoce de guérilléros avait engendré.

Le petit boudoir n'avait plus rien de l'animation de la veille et des jours précédents. Sombre, plongé dans le silence sans Gwenny en congé pour le week-end de la fête nationale, calme sans Francis qu'il avait chassé, si triste sans Clarita débordée de travail par l'arrivée des cousins, neveux et amis venus du *campo* entendre le discours. La chambre de Sergio était un tombeau et il y vivrait seul son agonie. Il marcha jusqu'au lavabo et ouvrit l'armoire à pharmacie. Il hésita un instant puis s'empara de la fiole de barbituriques qu'il tourna et retourna plusieurs fois entre ses doigts avant de la glisser dans la poche de sa *guayabera*.

Revenant vers le canapé-lit, il s'attarda devant sa table de travail perdue sous la paperasse et se dit que tout cela était bien inutile désormais. Il jeta un dernier coup d'œil sur les chemises remplies des textes de l'agence de Peter Grove, sur les bouquins appartenant à l'Alliance française, les vieux *Granma* qu'il conservait, ses trente-trois tours préférés et son jeu d'échecs qu'il ne rangeait jamais. Il fit tomber le roi sur l'échiquier, eut une pensée pour son ami Che, remit un vinyle dans sa pochette et en choisit un autre qu'il déposa sur le plateau. L'aiguille usée arracha comme des griffes dans la chair les arpèges déchirants et volontaires de l'*Étude révolutionnaire* de Chopin. Les longs accords égrenés, entassés les uns sur les autres, n'admettaient aucun repos.

Sergio restait debout, immobile, le temps de revoir son professeur de piano, surtout de l'entendre lui parler d'une musique immatérielle qui surgissait on ne sait d'où pour vous transporter au-delà de vous-même. Le temps de se rappeler qu'en ce temps-là il n'y comprenait rien. Le temps, aussi, de refaire l'image de son père, ce père toujours vieux, se berçant jusqu'à très tard dans la nuit, buvant seul, la plupart du temps. Le temps de revivre ces étés ensoleillés où il courait avec ses cousins dans les orangeries de la *finca**. Le temps, encore, de souffrir de cette enfance d'odeur de canne coupée, cette enfance rouge et rose de brunantes. Le temps de pleurer sur cette enfance captieuse qui parlait de bonheur sous les flamboyants, mais qui l'abandonna un jour, une nuit plutôt, en lui faisant découvrir les rides sur le visage de sa mère, l'haleine aigre de son père, en lui cassant son pipeau et en lui offrant, au prix fort, un nom, un idéal, une philosophie. Le temps de la maudire, cette enfance qui le laissa tomber avant même qu'il n'ait su devenir un homme.

L'envie d'écrire lui vint. Écrire et expliquer. Écrire quoi ? À qui ? Une confession, une dernière. Pour Acha, pour Clarita. Des révélations et des repentirs. Il prit place à sa table de travail dont il dégagea un coin en empilant les livres. La plume qui grattait le papier courait sans pause. Au bout des phrases, la pointe écorchée ponctuait bruyamment. De longs frissons contractaient ses épaules. Longtemps après, ses jambes engourdies lui signifièrent qu'il était resté penché des heures sur ce confiteor. Il apposa le point final et inséra les feuillets dans une enveloppe de la même série que les précédentes. Mais celle-là n'était ni perfide ni lâche, elle contenait de vrais aveux et des remords, peut-être quelques explications, certainement rien qui fût susceptible de justifier un pardon qu'on désirerait lui accorder.

Les membres gourds et l'esprit consumé par des tourments qu'on ne lui reprocherait plus de s'infliger inutilement, Sergio se dit que l'avenir appartenait aux autres, à ceux qui ne s'étaient pas mêlés du passé. Il suait d'angoisse. Il se releva, chancelant. Aucune lumière n'avivait la pièce.

Avant de s'allonger sur ses draps froissés, il prit la peine de détacher ses derbys et de les retirer. Il palpa dans la poche de sa chemise la fiole de barbituriques qu'il réservait depuis son embrigadement dans les G2 pour une occasion comme celle-ci. Il pensa qu'il n'entendrait plus la *frazada de piso* claquer dans l'eau sale, ne verrait plus la boue grisâtre rouler sur le patio. Il n'aurait plus de nausée, de crampe d'estomac qui lui tordrait le corps. Il n'aurait plus à supporter ce quotidien dans lequel il s'était enlisé. La rémission. Plus jamais l'eau sale et la berceuse geignarde des voisins. Pas plus que les Chinois d'à côté ni Gwenny. Ni lui-même et ses chaussures démodées. Ni, plus insupportable encore, Clarita qui avait été si belle en pure perte.

L'*Étude révolutionnaire* jouait en boucle. Sergio apprécia l'ingéniosité de son vieux phonographe qui lui allouait un sursis. Il l'emploierait à atténuer le chagrin qu'il s'apprêtait à faire à Acha et à Clarita. Recroquevillé sur son canapé, il ferma les yeux pour mieux imaginer la suite.

CHAPITRE 26

Dimanche 26 juillet 1970, 15 h

Toute la matinée, la foule s'était pressée sur la Plaza de la Revolución, dominée par l'effigie géante du Che. Venus de toutes les provinces, de toutes les villes et de tous les *campos*, les Cubains arrivaient émus et recueillis, comme on arrive à La Mecque ou à Saint-Pierre. Attendant un miracle.

Jetées à quelques rues de là par des camions et des *guaguas* bondés qui les y avaient amenées, des milliers de personnes s'étaient entassées entre le monument de José Marti, la bibliothèque nationale et le ministère des Transports. Tous les quartiers avoisinants étaient bien gardés. Et c'est à la pointe de la mitraillette que l'on avait fait rebrousser chemin aux voitures non munies de laissez-passer.

Le peuple arrivait à pied. Le peuple cubain adore la fête, le carnaval, les festivités à grand déploiement, les parades, les confettis, les chars et les clowns. Et il faut si peu pour l'animer. Deux cuillères et une casserole sur laquelle taper, un peu de rhum et c'est la fiesta. Après l'interminable discours, ce serait de nouveau la course à la bière sur le Malecón, une fête à la mesure des promesses de la *zafra* historique. Le discours du 26 juillet 1970 ne devait rien avoir en commun avec les précédents. Leur commandant en chef avait promis les dix millions de tonnes de sucre et tout le bonheur qui s'y rattachait. La prospérité, la complète indépendance, la liberté. Oui, cette *zafra* historique devait les sortir du marasme. Fidel le leur avait promis et il allait l'annoncer, là, dans un instant.

De grosses miliciennes aux bas tombant sur les chevilles avaient relevé les cordons délimitant l'espace réservé aux invités de marque. Déjà, sur l'estrade, les grands de la *Revolución* prenaient place en se serrant la main et en se tapant dans le dos.

Fidel allait venir plus tard.

À ses pieds, des travailleurs que l'on avait décorés pour l'occasion devraient crier à des moments bien précis de la harangue, s'animer, agiter des drapeaux et des pancartes. Ce que les étrangers ne devaient surtout pas manquer de constater. Les contre-révolutionnaires qui tenaient à la vie allaient applaudir eux aussi. Tous allaient crier bien fort : «¡ *Viva Fidel* ! ¡ *Todos juntos contigo, Fidel* ! »

Le dernier millier de spectateurs venait d'être empilé derrière les estrades. Un grand silence se fit. Puis, sous un tonnerre d'applaudissements, Fidel s'avança, suivi de ses principaux collaborateurs. Mais il ne prit pas la parole immédiatement. C'est Todor Zhivkov, le premier secrétaire du comité central du Parti communiste de la Bulgarie, qui parla d'abord, dans un espagnol boiteux, pour louer et saluer les mérites de la révolution cubaine, surtout dans son amitié avec les pays de l'Europe de l'Est. Mais la foule écoutait distraitement, fébrile dans l'attente de son dieu. Célia Sánchez s'était faite belle pour l'occasion et Vilma Espin, plus distinguée que jamais, écoutait sans broncher. Son mari, Raúl Castro, s'épongeait le front l'air inquiet, alors que Carlos Rafael Rodriguez, que la presse étrangère surnommait le tsar de l'économie cubaine, souriait aux anges. Son jour viendrait, rêvait-il, si l'Union soviétique le voulait bien.

Et enfin, ce fut le tour d'*el comandante en jefe*, Fidel Castro ! Plus fier, plus grand, plus barbu que jamais !

Presque à l'heure dite, Fidel amorça son discours tant attendu, celui de l'apothéose de cette grande *zafra* historique. Au cours des jours précédents, une rumeur avait couru voulant que le commandant en chef eût une révélation de la plus haute importance à dévoiler à son peuple. Il avait beaucoup été question de l'ouverture des ponts aériens. Mais ce que Fidel promit d'emblée ne fut rien de tel. Il annonça que, pour la première fois dans l'histoire cubaine, un chef politique allait se mettre à découvert devant son peuple. Et il passa aux aveux. Il avoua tout.

Bien sûr, il n'admit que ce que tous savaient déjà. C'était du grand art. Avec le style et l'emphase qu'on lui connaissait à cette tribune où étaient réunis communistes et orthodoxes de l'Est, révolutionnaires latino-américains et observateurs de pays capitalistes, *el comandante* révéla des chiffres qui confirmaient la situation désastreuse dans laquelle se trouvait l'économie cubaine. En bon communiste, Fidel fit son autocritique et celle tout aussi angélique de son administration, tout en rendant le peuple plus ou moins responsable de ce résultat accablant. « Oui, les erreurs viennent de l'administration mais qu'à cela ne tienne, puisque les résultats en incombent au peuple et à lui seul. » Quelle démagogie édifiante ! On aurait presque eu envie de comprendre, de croire, d'acquiescer, de se repentir, de promettre de mieux faire. Donc, Fidel, tu es venu nous dire que tu n'as rien à dire. Tu nous avais promis, pourtant, que tous nos efforts déployés pour produire ces maudites tonnes de sucre nous vaudraient une amélioration tangible de notre situation, que nos vies allaient changer, celles de nos enfants surtout.

Qu'aurait pu rétorquer le malheureux chef sinon que le peuple devait redoubler d'ardeur et se remettre au travail, plus déterminé que jamais à sortir Cuba de la misère malgré les méchants Américains qui maintenaient leur embargo assassin ? La solution ne pouvait venir vraiment que de ce peuple consentant qui avait applaudi malgré sa déception. Fidel n'avait parlé que quatre heures, c'était du jamais vu. Mais cela s'expliquait, puisqu'il n'avait fait que la moitié d'un discours.

Puis, coup de théâtre !

Devant la foule dépitée et désormais silencieuse, Fidel revint à la charge.

Il ne dit rien, contempla la foule et sourit. Chacun se retenait de respirer. Puis il quitta de nouveau l'estrade, se laissa désirer un bon moment avant de réapparaître sur le podium et de reprendre le microphone. Qu'allait-il ajouter ? Qu'allait-il annoncer ? On attendait. Pour sûr que le miracle était sur le point de se produire. Même les agnostiques d'étrangers avaient envie d'y croire.

Et il arriva enfin, le miracle !

— *Compañeros, compañeras*, j'ai oublié de vous faire part d'un événement d'importance que je voulais absolument signaler aujourd'hui. Je vous ai déjà parlé du docteur Arguedas qui a rendu possible la restitution du journal du Che à Cuba, mais il y a plus encore ! Beaucoup plus ! Et je vous demande d'accueillir l'annonce de cet événement avec respect.

Le silence régnait sur la Plaza de la Revolución. Fidel fit une longue pause, puis, ayant balayé l'assemblée du regard, il poursuivit :

— J'ai l'insigne honneur, l'immense bonheur, d'annoncer aujourd'hui au grand peuple cubain que nous avons retrouvé et récupéré les mains du légendaire, de l'immortel Ernesto Guevara, notre ami le Che. Ses mains ont été préservées, elles sont en parfait état et le resteront, grâce aux efforts de nos spécialistes. Nous ne savons pas si, un jour, nous allons découvrir ses restes, mais nous avons ses mains quasiment intactes. *Compañeros, compañeras*, nous vous le demandons : que devons-nous faire avec les mains du Che? Les conserver? demanda Fidel en s'adressant aux grands personnages réunis sur le podium.

— Oui!

— Oui! répéta Fidel. Nous conserverons les mains qui ont porté les armes de la liberté, qui ont écrit de brillantes pages, qui ont travaillé dans les champs de canne, qui ont œuvré dans les ports et dans les chantiers. Ces mains seront conservées et placées près de la statue de José Marti.

Une rumeur indéfinissable gronda. Mais elle se dissipa sitôt que Fidel reprit :

— Che n'appartient pas à Cuba mais à l'Amérique. Un jour, ces mains seront où les peuples d'Amérique voudront les placer. Un jour, tout ce qui nous appartient reviendra au peuple. Un jour, nous serons des centaines de milliers, non pour affronter un impérialisme tout-puissant, mais pour vivre dans la paix et l'unité avec un grand peuple que nous aurons contribué à libérer du joug impérialiste, un peuple qui aura été capable de faire la révolution dans son propre pays. Ensemble avec les peuples de l'Amérique latine, de l'Indochine, de tous les pays révolutionnaires, ensemble avec le peuple américain, nous vaincrons! ¡ *Venceremos!*

— ¡ *Venceremos!* répétèrent les groupes d'ouvriers parqués aux premiers rangs.

Les index pointés vers le sol, scandant chaque césure, *el caballo* poursuivit :

— Ils ont assassiné le Che, mais ils n'ont pas pu empêcher son journal de parvenir à Cuba. Ils ont essayé de faire disparaître son corps, mais ils n'ont pas pu empêcher ses mains d'arriver jusqu'à Cuba. Les justes idéaux du Che, sa cause, sa dignité et sa grandeur d'âme ont rendu possible ce qui paraissait impossible !

Puis Fidel se tut, au garde-à-vous.

Déposé sur une table que deux miliciennes poussaient vers lui, le récipient en verre contenant les mains du Che apparut. Ces mains qui avaient voulu porter le flambeau de la liberté à toute l'Amérique et au monde entier, le peuple cubain pourrait désormais les vénérer à sa guise, puisqu'elles avaient été remises à ses compatriotes et qu'on les conserverait à jamais dans un bocal.

— ¡ *Hasta la victoria siempre !* hurla Fidel à partir de son podium.

— ¡ *Venceremos !* firent de nouveau écho les ouvriers des premiers rangs arborant leurs récentes décorations.

Derrière, ils restèrent cois. Estomaqués. Le coup avait porté.

L'économie était en déroute, le pays au bord de la faillite et Fidel leur proposait les mains du Che conservées dans du formol. Les Cubains étaient humiliés. Les plus courageux protestèrent à voix basse, s'insurgèrent dans l'oreille de leur voisin. Francis et ses semblables pavoisèrent. Les étrangers rigolèrent. À la bière, maintenant!

CHAPITRE 27

Dimanche 26 juillet 1970, 18 h

Étendu sur son canapé-lit, Sergio aurait pu, ce jour-là aussi, s'y être allongé pour attendre le sommeil. Mais c'était la mort qu'il appelait. « Je vais maintenant tout avaler et cesser de souffrir. » Cette perspective le fit s'abandonner et il renonça à tout effort, laissant libre cours à ses dernières pensées. « Je pars, j'en ai enfin terminé avec la vie. À jamais le repos et le silence », se réconforta Sergio en serrant la fiole entre ses doigts.

Mais l'image de ceux qu'il aimait et qu'il allait laisser derrière lui vint le tracasser. « Que feras-tu, mon amour, lorsque, dans quelques instants, tu comprendras pourquoi je ne suis pas venu à notre rendez-vous ? Lorsque tu me trouveras endormi pour toujours sur ce canapé de malheur ? » Sergio sentit des larmes couler sur ses joues.

« Je t'imagine, je te vois, belle et stoïque, tu reviens de la Plaza, à peine déçue, plutôt en colère contre les stratagèmes habituels de Fidel. Tu t'attardes sur le seuil de la porte avant d'entrer chez moi où le jour et la brunante sont retenus en otage. La pièce est silencieuse et nauséabonde comme la mort. Tu avances sur la pointe des pieds, certaine que j'ai besoin de toi, comme toujours. Toi qui toute ta vie as eu besoin que j'aie besoin de toi, ma chérie. La petite lampe que tu allumes tremblote, jaunâtre, dessinant, imprécis, les contours de la chambre. Moi, étendu sur mon vilain lit, je te semble très loin. Tu veux venir à ma rencontre, mais tu t'arrêtes, les membres figés et le sang glacé dans tes veines en voyant, sur le parquet, la fiole vide.

« Combien de temps mets-tu à comprendre qu'on n'a plus besoin de toi ?

« Quand tu reviens à la lumière pâle, au silence torturé par la friction de l'aiguille sur le vinyle, au secrétaire encombré et à la fiole vide, tu t'accroupis à mes côtés et, d'une main glacée, tu cherches en vain le pouls sur mon poignet rigide. Les paumes de tes mains, que tes ongles ont déchirées jusqu'au sang, caressent le visage enfin calme de l'homme que tu n'as jamais cessé d'aimer. Il n'est plus.

« Te reviennent alors en mémoire les dernières phrases de ton Sergio. "Surtout, ne me juge pas, et promets-moi de comprendre." Tu as passé ta vie à essayer de me comprendre, Clarita.

« Tu te remets sur tes jambes, tu veux rester calme. Qui vas-tu prévenir ? La police ? L'hôpital ? Les voisins ? C'est ce que l'on fait normalement, c'est ce que l'on doit faire lorsqu'un homme normal meurt. Mais la situation n'a rien de normal. "Qu'aurait dit Sergio ?" te demandes-tu. "Acha ! Cours chez Acha, Clarita !" Ne viens-tu pas de lire le nom de mon vieil ami quelque part ? Oui, juste là. *Remettre à Acha*. Tu t'empares de l'enveloppe, la froisses nerveusement, tires sur le cordon de la lampe et la pièce se replonge dans l'obscurité.

« Dans la *guagua*, on se dispute les banquettes. Les gens se bousculent, se marchent sur les pieds. Tu les regardes sans les voir. Tes mains triturent l'enveloppe. Le bus, engagé sur l'avenida San Francisco, n'en finit plus de ralentissements, d'entrechoquements, de fausses manœuvres et d'arrêts. Des dizaines de personnes attendent à tous les coins de rues pour s'engouffrer dans un bus déjà plein. Le 26 juillet, à La Havane, c'est inévitable. Et c'est suffocant.

« La calle 41 se trouve dans la plus totale obscurité. Une coupure, ce soir, on l'a annoncée. Tu descends devant la pâtisserie et cours jusqu'à la porte étroite informant les habitants et les visiteurs de l'immeuble que leur CDR veille sur eux. Tu chancèles avant de t'engager dans l'escalier-tunnel. Tu penses à moi qui l'ai escaladé si souvent en quête de réconfort. Tu trouves mon vieil ami allongé sur son lit, endormi de ce sommeil souriant et calme des enfants et des vieillards. Deux bougies et une lampe à huile éclairent faiblement la pièce.

— Clarita ? demande Acha. C'est Sergio ?

— Oui.

— Arrêté ?

— Non. C'est terminé. Tout est terminé pour lui.

« Acha s'assoit péniblement sur le rebord de son lit. Tu lui tends l'enveloppe défraîchie et il voit son nom sous les taches d'encre. Il ne la décachète pas tout de suite, se met d'abord sur ses pieds pour faire quelques pas jusqu'à la plaque électrique juchée sur un petit escabeau et il réchauffe le café. Dans toutes les circonstances, c'est le protocole à Cuba. On réchauffe le café. Tu te laisses tomber sur une chaise et tu éclates en sanglots, te disant qu'il ne te sert plus à rien d'être forte. Acha vient près de toi, il prend ta main dans la sienne.

— Parti ? Nous le connaissons bien, tous les deux, il est déjà parti tant de fois. Nous nous disions : "Il reviendra." Mais nous n'en savions rien, n'est-ce pas, Clarita, que nous n'en savions rien ? Maintenant nous savons.

« Puis Acha se tait un long moment avant de reprendre :

— Cette révolution magnifique s'est voulue trop grande, ma petite Clarita. Peu d'hommes résistent aux actions qui les dépassent et, si on les y force, ils abdiquent. Alors, on lui a mis des limites à cette belle révolution, on l'a rétrécie à la mesure de l'humain. Mais ce retour à la logique pratique s'est effectué au détriment de l'élan romantique.

« Tu renifles dans ton mouchoir, puis tu sanglotes de plus belle en entendant Acha poursuivre :

— C'est comme ça que meurent les poètes, Clarita. La liberté se chante avec le cœur, mais elle se fait avec les mains. Les alexandrins qui glorifient les résistants riment avec courage, persévérance et mort.

« Tu détournes la tête. Même Acha te semble n'avoir rien compris. La vie lente et triste que je traîne depuis des mois, cette existence faite de pas lourds, de gestes retenus, de phrases inachevées ! Non, les derniers mois de ma vie ne m'ont certainement pas acheminé vers cette mort glorieuse et romantique dont parle Acha. Tu le sais, toi, mon amour, que tout en moi a été détruit et que la

loque que je suis devenu n'a plus rien du révolutionnaire passionné pour les grandes causes. Je
vais mourir en lâche, loin du champ de bataille,
affolé, blanc de peur et de remords. Cela, ma
Clarita, tu le pressentais depuis longtemps.

« Toute seule à saisir l'amertume et le désespoir
qui a tourmenté l'âme de ton vieil amant avant
cette mort affreuse, tu veux le pleurer comme on
pleure un guérilléro. Mais tu sais qu'il ne l'est plus
depuis son séjour à la Cabaña. Pourquoi ? Pourquoi cette attitude résignée, désespérée ? Que s'est-
il passé au cours des dernières années pour que ton
maquisard se retrouve à ce point vulnérable ? Tu
souhaites de toutes tes forces poser ces questions
à Acha, mais tu n'en fais rien, tu attends, tu espères
trouver les réponses dans cette missive dont le vieil
homme ne semble pas pressé de prendre connaissance.

« Le temps passe à peine, rendant insupportable
la lumière blafarde des bougies qui vacille sur les
meubles. Tu ne tiens pas en place, tu te lèves, tu
marches jusqu'au balcon, puis tu ouvres la porte et
tu sors respirer comme j'ai l'habitude de le faire
avant de revenir m'asseoir dans le vieux fauteuil.
Acha a encore sur les lèvres les derniers mots qu'il
a murmurés : le courage, la persévérance, la mort.
Tu les entends, mon amour, et tu ne peux pas les

supporter. Ils sonnent faux. Va-t-on encore parler longtemps de conscience, de solidarité, de libération, de victoire ? Tu veux bien pardonner à Acha ses excès de poésie, mais pour toi toute envolée oratoire a désormais l'odeur de la maladie, l'haleine de la fièvre.

« Les poètes ont beau s'époumoner, ce soir, tu ne les entends pas.

« Acha fixe toujours l'enveloppe qu'il a appuyée contre la petite tasse tachée. Sans doute n'ose-t-il plus l'ouvrir. Il aurait dû le faire à l'instant même où tu la lui as glissée entre les mains. Depuis, il a eu trop de temps pour réfléchir et n'est plus certain de vouloir y lire les dernières pensées de celui qu'il considère comme un fils. Qu'y découvrira-t-il ? Un Sergio qu'il ne connaît pas ? Un homme qu'il n'a jamais rencontré ? Le Sergio des derniers jours, inquiet, le visage tordu par des crampes d'estomac, étouffé par des phrases qu'il n'arrive pas à formuler ?

« Acha, l'ami de toujours qui a perçu mon revirement, sait que j'étais dans une impasse. Mais il a hésité à aller au fond des choses, parce qu'il est humiliant et mortifiant de se rendre compte que l'objet d'art si longtemps admiré est un faux. Il comprend que ce Sergio, qu'il appelle "mon fils", a ressenti une telle peur de la solitude qu'il va, jusque dans la mort, entraîner ses vieux amis avec lui. Acha et Clarita. *Remettre à Acha.* Vous devez donc lire, tous les deux, découvrir, constater. Le peu de lumière ambiante est le prétexte que le vieil homme invoque pour te tendre la lettre, ma chérie.

— Lis, toi. Tes yeux sont plus jeunes, ta voix…

« Il a envie d'ajouter : et ton cœur aussi. Mais il te sait suffisamment blessée, il n'insiste pas. Tu as d'abord un mouvement de recul. Retenant ton souffle, tu ne prononces pas un mot en t'emparant de l'enveloppe. Tu l'ouvres avec précaution et en retires des feuilles mal pliées que tu étales sur un coin de la table. Tu fixes longuement Acha avant de les rapprocher de la bougie. Puis tu commences ta lecture :

Je ne suis plus. Ne me regrette pas, Acha. Et dis à ma Clarita de ne pas me regretter non plus. Ne me regrette pas, à cause de ce que tu sais et encore davantage à cause de ce que tu sauras dans un instant. Ma main tremble, non pas de peur, mais de honte.

« Ta gorge est nouée, ta voix rauque ne laisse passer qu'un filet de sons. Mais tu poursuis, encouragée par le sourire de mon vieil ami. Les premiers paragraphes te parlent d'un Sergio que tu as connu, aimé, admiré. Le début de ma lettre ne t'apprend rien mais tu sais que l'horreur va venir, tu la pressens. Tu crains la suite, et ta lecture monocorde traîne à n'en plus finir. Puis soudain, les mots s'étranglent dans ta bouche. Ce que tu soupçonnais, appréhendais, est là, noir sur blanc. Tu inspires longuement, relèves la tête, ton regard croise celui du vieillard. Tu te tais, mon amour? Acha insiste pour que tu reprennes ta lecture. Tu la reprends donc, plus lentement et presque froidement pour réprimer les sanglots qui t'étouffent.

Soumis presque jour et nuit à une instruction politique et philosophique marxiste sous surveillance évidente et persuasive, je sentais mon esprit s'engourdir, s'alourdir, s'asservir... Jusqu'à ce que, bien étrangement, en plein cœur d'une nuit glaciale, on m'ait bousculé hors de ma cellule et projeté dans la cour. À moitié nu, à demi inconscient, on m'y a abandonné jusqu'à l'aube. J'ai appelé la mort, comme j'en avais l'habitude, si bien que lorsque j'ai entendu un geôlier dire à son compagnon qu'on m'avait mis sur la liste des « bleus », croyant qu'il s'agissait du registre des exécutions du jour, j'ai remercié le ciel d'avoir enfin exaucé mes prières.

J'ai mis quelque temps à saisir ce que l'on attendait de moi. Parvenu à la dernière étape de ma réinsertion, avant de recouvrer ma liberté, il me fallait encore faire amende honorable. Le processus était bien rodé. Chacune des étapes de cette apothéose avait été mise à l'épreuve bien avant que j'y sois soumis. La première, intitulée participation passive, la pire des trois en ce qu'elle avait d'insidieux, consistait à être témoin des tortures infligées aux traîtres à la Revolución. Le premier cas que l'on voulait me voir approuver était celui d'un garçon de dix-huit ans surpris en flagrant délit de récidive contre-révolutionnaire. Ligoté nu sur une chaise, l'enfant pleurait, appelait sa mère. La douche glacée suivie des brûlures au fer rouge n'avait pas duré plus d'une demi-heure, m'a-t-on assuré alors que je vomissais le lait caillé que j'avais été forcé d'avaler. Et tous les matins, à la même heure, douze jours d'affilée, après des petits-déjeuners de plus en plus alléchants, j'ai pris place auprès des gardiens pour le « tableau instructif ».

Arriva la première matinée dite de la deuxième étape. On allait me mettre à contribution. Afin de mériter ce petit-déjeuner, seul repas de la journée auquel j'avais droit et dont *je ne voulais plus me priver, j'ai dû, au cours des douze jours qui suivirent, persuader des prisonniers, le plus souvent de jeunes universitaires, d'avouer leur crime plutôt que d'endurer des tortures que j'allais devoir moi-même leur infliger, si jamais ils choisissaient d'être stoïques. Ce qui ne manquait pas. N'ayant, pour la plupart d'entre eux, jamais commis de crimes, sinon celui d'avoir vingt ans et de vouloir contester le régime, comme nous l'avions fait, Fidel, Che, Camilo, moi-même et bien d'autres, une décennie auparavant, les malheureux n'avaient rien à avouer. Après des heures d'interrogatoires stériles, il m'arrivait trop souvent de perdre patience et courage avant eux. Je les soumettais moi-même à des souffrances que je qualifiais mentalement de mortifications, dans le seul but de leur éviter les vraies tortures. Je dormais peu avant ces séances inqualifiables. Prétendant me conditionner pour le lendemain, on me relisait vingt fois les procès-verbaux des accusés que j'aurais à convaincre, m'instruisant de la peine qu'ils encouraient. Ces séances se terminaient, souvent à l'aube, par une méditation sur une seule phrase de Hô Chi Minh, exercice qu'il me* revenait d'alimenter alors qu'il me fallait me frapper la tête contre les murs pour rester éveillé.

Cette autre étape prit fin et l'épreuve des douze derniers jours, en dépit de l'horreur qu'elle impliquait, m'a non seulement semblé apaisante mais surtout salutaire en ce qu'elle allait me servir à moi aussi au cours des années à venir. À titre de médecin, j'allais non seulement devoir encourager mais aider les récalcitrants, ceux que la torture n'avait pas réussi à convertir, à s'enlever la vie. Les condamnés au suicide étaient si fragiles, si démunis, si pitoyables après ce qu'on leur avait fait subir, qu'ils se jetaient dans mes bras. Je ne leur apparaissais plus comme un geôlier mais plutôt comme un deus ex machina.

À mon insu, ou non, j'étais devenu un cerbère de mon grand ami Fidel.

« Ma confession se termine dans des mots parfois crus, parfois tendres, toujours démesurés, racontant le déroulement de la tragique préparation de l'assassinat de Fidel. Les visites de Manuel, le petit groupe de contre-révolutionnaires, leur rôle qu'ils soupçonnaient sans plus, le flacon d'éther, si insignifiant qu'il en est effrayant, les deux enveloppes dont celle, surtout, qui contient la dénonciation. Puis l'annonce de l'arrestation de Manuel et de ses recrues dont mon petit frère Carlos. Acha et toi comprenez que j'ai rédigé les dernières lignes avec effort. L'écriture est quasiment illisible, les mots incohérents, le ton inutilement passionné.

« Ma confession posthume vous laisse muets tous les deux. C'est toi qui sors la première de cette stupeur. Et Acha, sans cesser de fixer le sol, hoche la tête, niant tout. Il dit non. Non à quoi ? Non, ce n'est pas Sergio qui a rédigé cette lettre ? Non, ce n'est pas Sergio qui a fait ces rapports quotidiens sur son entourage qui le vénérait comme un héros ? Non, ce n'est pas Sergio qui s'est fait bourreau et qui a torturé ses semblables pour sauver sa peau ? Non, ce n'est pas Sergio qui nous a tous à ce point trompés ? Non, je ne veux pas y croire, je ne veux même pas y penser ? Non, je refuse de porter un jugement ? Non, je…

« Tu refais du café que vous buvez à peine. Acha s'allonge sur son lit.

— J'ai vécu bien trop longtemps, Clarita.

« Oui, il vit depuis si longtemps, mais il vivra jusqu'au bout. Il s'endort en se répétant que les hommes ont le droit de se tromper. Malheureusement, toi, ma Clarita, tu as droit à moins de tranquillité. Lorsque tu reviens chez toi, toute la maisonnée t'attend, plus curieuse qu'attristée. Tu as le cœur en charpie mais tu ne trouves aucune épaule pour pleurer. Te contentant de les saluer, tu ressors sur le balcon pour scruter, comme tu as l'habitude de le faire, la maison voisine. Tu te rappelles comment, selon les éclairages, tu peux deviner où je me trouve et à quoi je suis occupé. Toi, la seule à comprendre mes états d'âme. Tu te souviens du bonheur que tu ressens lorsque tu frappes à ma porte, de l'émotion qui t'envahit chaque fois que tu viens vers moi ou évites de le faire, selon ce que te dicte ton cœur. Seule dans la nuit, tu pleures, mon amour.

« La calle F, à cette heure, contrairement à l'accoutumée, est fort animée. Les gyrophares d'une ambulance et les feux de détresse des voitures de la police t'aveuglent. Autour de toi, tout près, dans ton dos, tu entends les voisins et tes proches s'indigner, s'offusquer, protester.

— Tu le savais, Clarita, tu savais à quel point cet homme était redoutable. Et tu n'as rien dit! Quelle inconscience! Tu fréquentais ce traître, sachant que c'était dangereux pour nous tous, et tu n'as rien dit.

« Tu te laisses harceler, puis, te retournant vers Francis, blanche de colère, tu le gifles. Le pauvre ne comprend pas. »

⌒

Recroquevillé depuis des heures sur son canapé, Sergio s'efforça de bouger. Ses gestes se succédaient au ralenti. Il voulut s'asseoir pour rechausser ses derbys avant d'absorber les cachets, mais ses épaules étaient rivées aux coussins. Ses paupières lourdes refusaient de s'entrouvrir et sa main, qui serrait la fiole de barbituriques, semblait paralysée. Il eut du mal à la décapsuler.

Il entendit l'horloge carillonner sept fois. Fidel avait-il achevé son discours historique du 26 juillet 1970 ?

La nuit était tombée.

CHAPITRE 28

Dimanche 26 juillet 1970, 18 h 50

— Tu te trompes, Francis. Tu n'as rien compris. Il n'y a vraiment rien à applaudir. Fidel a été au-dessous de tout et la foule minable. C'est une honte.

C'était Clarita, prête à éclater. Encore une fois, Francis Cruz acceptait tout en bloc. Pour lui, tout allait continuer pour le mieux dans le meilleur des mondes. En fait, combien d'entre eux avaient saisi qu'ils étaient aliénés et que leur chef, plus aliéné encore, ne pouvait plus rien pour eux? Mais désarmé, surtout pressé de retrouver ses copains sur le Malecón, le milicien ne répondit rien.

Clarita lui en sut gré. Elle n'avait aucune envie d'entreprendre une discussion avec Francis, certainement gonflé à bloc. Aussi, regrettant de s'être laissée emporter, détourna-t-elle la tête, prête à partir. Elle avait les nerfs à vif. Pourquoi Sergio n'était-il pas au rendez-vous? Il n'avait pas donné signe de vie depuis midi. L'ayant vu revenir de la clinique, elle s'était empressée d'aller à sa rencontre pour avoir des nouvelles d'Alicia.

— Ma belle-sœur va bien, mais elle a perdu son bébé, avait-il proféré du bout des lèvres, blanc comme un linceul.

— Quel malheur! Pauvre Alicia, pauvre Carlos! Je suis si désolée, Sergio.

Elle l'avait enlacé.

— Va te reposer, tu n'as pas l'air bien du tout, mon amour. On se retrouve en fin d'après-midi sur la Plaza. Surtout n'oublie pas de laisser tes bagages sur le balcon arrière, avait-elle soufflé dans son oreille.

Sergio avait légèrement hoché la tête. Peter Grove devait passer récupérer ses valises et l'attendre au bout de la rue à dix-neuf heures trente.

Eux étaient convenus de se retrouver à dix-huit heures en face de la Bibliothèque nationale et de rentrer ensemble après le discours. Il était maintenant plus de dix-neuf heures. Pourquoi Sergio n'était-il pas venu? Avait-il changé ses plans? Il devait s'envoler vers Montréal via Mexico à vingt-deux heures. Les larmes aux yeux et les joues en feu, Clarita s'informa tout de même auprès de Francis, malgré sa répugnance à le faire.

— Tu n'as pas vu Sergio ?

— Sergio ? Ici ? Tu n'y penses pas ! Après les arrestations, il doit se mourir de crampes d'estomac, railla le milicien.

— Les arrestations ? De quelles arrestations parles-tu ?

Francis allait partir. Chancelante, Clarita s'accrocha à lui.

— Qui a-t-on arrêté ?

— Plusieurs amis et un parent de ton voisin, chuchota Francis, de toute évidence ravi de détenir une information de cette importance.

— Des amis, un parent ? Pourquoi dis-tu des insanités ! Je ne suis pas au courant, Sergio ne m'a rien dit de tel. Qui sont ces gens qu'on aurait arrêtés ?

— Calme-toi, tout va bien. Et c'est sans doute grâce à Sergio, qui a fait son travail correctement, que Sánchez et sa bande de criminels ont été empêchés d'assassiner Fidel.

« Bande de criminels ! Assassiner Fidel ! »

— Sergio a fait son travail… murmura Clarita, craignant de trop bien comprendre.

— Sánchez et le frère de Sergio, Carlos Bandera-Masíquez, embarqué lui aussi, renchérit Francis, l'écume à la bouche.

— Son frère? Le mari d'Alicia? Comment Sergio l'a-t-il su? Quand l'a-t-il appris? paniqua Clarita.

— Hier, sans doute, quand il s'est rendu à Tarara chez la tante de Sánchez pour s'assurer que les policiers avaient procédé à l'arrestation, les voisins lui ont confirmé que le contre-révolutionnaire et sa bande avaient été arrêtés, déclara Francis dans une grimace d'approbation.

— Tu en es sûr? Tu es certain de ce que tu dis? Sergio est au courant? demanda Clarita d'une voix suppliante.

— Je sais même que certains d'entre eux ont été fusillés à l'aube de ce grand jour de fête nationale, proféra Francis Cruz sur le ton du décret.

— Tais-toi! Menteur, sadique! Tu ne sais rien, hurla Clarita.

— Détrompe-toi, je sais beaucoup de choses. Et je les sais parce j'ai des amis en haut lieu, se targua le milicien.

— Mon Dieu! s'effondra Clarita.

Elle comprit ce que Sergio avait été contraint d'accomplir et imagina son effroi en apprenant l'identité de ceux qu'on l'avait pernicieusement forcé à dénoncer. Saisissant ce que Francis Cruz lui apprenait par bribes, Clarita s'expliqua enfin la raison de l'absence de Sergio au discours de Fidel et redouta ce qu'il avait dû faire par la suite. Suivie de près par Francis Cruz résolu à ne lui épargner aucun détail sur l'affaire, elle tentait avec l'énergie du désespoir de se frayer un chemin vers la sortie la plus proche.

— Sergio! Non! Sergio! criait-elle, indifférente aux commentaires de ceux qu'elle bousculait.

Ses efforts pour sortir de la cohue l'avaient amenée jusqu'à l'angle de la calle 23 et de l'avenida de Los Presidentes, lorsqu'elle s'arrêta net, Francis toujours sur ses talons. Retenant son souffle, le visage contorsionné, elle hurlait: « Là, ils sont là! » Cherchant ce qu'elle fixait ainsi, tel un spectre, Francis, la bouche entrouverte, l'air hébété, vit, à quelques mètres d'eux, plus vivants et plus fiers que jamais, libres surtout, Manuel Sánchez et Carlos Bandera-Masíquez. Les mains dans les poches, Sánchez attendait apparemment indifférent, que la foule se disperse. Debout à sa droite, en tenue militaire, le jeune frère de Sergio Masíquez.

C'étaient donc eux! C'était donc lui, Sánchez, le chef, l'envoyé du ministère de l'Intérieur, le traître secondé par Carlos Bandera-Masíquez qui avait conduit ses propres hommes à l'arrestation, puis à la fusillade. C'était donc lui qui avait trahi ses ouvriers après les avoir embrigadés et convaincus de la grandeur de leur action. Machiavélique.

Il les avait bien possédés. Et le malheureux Sergio s'était cru coupable de les avoir condamnés à mort, tous et son frère, en même temps que leur chef Manuel.

⌒

Calle F, à dix-neuf heures dix, la pièce aux volets clos était plongée dans l'obscurité. L'*Étude révolutionnaire* allait reprendre depuis le début pour la vingtième fois, lorsque Sergio, enfin sorti de sa torpeur, réussit à décapsuler la fiole de somnifères.

— Non ! Mon amour, non !

Si près de la fin, Sergio refusait de se laisser distraire par ce qu'il croyait être une hallucination. Qui aurait encore voulu l'empêcher de débarrasser le monde de ce qu'il était devenu ? À tâtons dans le noir, Clarita retrouva le commutateur, et la lumière crue projetée par le plafonnier l'aveugla. C'est alors qu'elle entendit le bruit de la fiole qui tombait sur le plancher.

— Sergio ! Qu'allais-tu faire !

Aidant l'homme désorienté à s'asseoir, elle lui ordonna :

— Écoute-moi, Sergio Masíquez ! Tu vas partir pour le Canada ce soir tel que prévu. Tu vas faire ce voyage que Peter Grove a organisé pour toi. Tu vas demander l'asile politique ! Et je viendrai te rejoindre. Oui, je suis au courant ! Je l'ai toujours su et Peter Grove me l'a confirmé. Vite ! Peter t'attend dans sa voiture au coin de la rue.

Le ton était autoritaire, la voix haute.

— C'est trop tard, Clarita.

— Non ! Tu vas te lever et faire ce que tu as à faire, Sergio !

— Laisse-moi, je veux mourir. Je veux mourir ici, tout de suite. Je t'en supplie, laisse-moi !

— Tu veux mourir ! Pourquoi ? Tu te crois coupable de trahison, de meurtre ? Détrompe-toi, Sergio ! Tu n'as assassiné personne !

— Si, si, Clarita ! Je les ai tous tués ! Manuel, tous ses hommes, de pauvres ouvriers, et Carlos ! Mon petit frère, Carlos !

Le cri s'étrangla dans sa gorge.

— Carlos Bandera ? Manuel Sánchez ? Je viens de les croiser sur la Plaza, bien vivants tous les deux, applaudissant les bêtises de Fidel, prononça-t-elle d'une voix acérée.

— J'ai assassiné mon…

Sergio s'était tu. Tout s'était passé en quelques secondes. Les yeux écarquillés, la bouche entrouverte, il assimilait les dernières paroles de Clarita. Vivants. Carlos et Manuel, vivants.

— Une mise en scène, oui. C'est toi qu'on a trahi, mon amour. Ton ami, ton frère, Fidel ! Personne n'a hésité à te trahir, toi !

Sergio s'était enfin ressaisi. Apaisé un instant d'apprendre qu'il n'avait mené personne à l'abattoir, que son frère était vivant, Sergio détourna la tête et hurla à la mort. Un cri de douleur, de colère, de désespoir retentit dans la maison vide. Clarita voulut l'enlacer mais il l'avait déjà écartée avec la force des noyés pour s'emparer de la fiole de médicaments. Loin d'être réconforté d'apprendre que Manuel et Carlos étaient encore en vie, comprenant que son ami et son propre frère l'avaient berné et trahi, anéanti par cette révélation, Sergio était plus déterminé que jamais à se donner la mort.

Aussi, ayant parçu la détresse de Sergio, Clarita n'avait-elle plus hésité à jouer sa dernière carte. Celle qu'elle avait précieusement gardée, non pour une situation tragique comme celle qu'elle vivait, mais pour une occasion heureuse… qui ne s'était jamais présentée. D'une voix douce, elle avait dit :

— Mourir, Sergio ? Tu ne veux pas mourir avant d'avoir embrassé ta fille… notre fille, Marisa.

L'air hagard, fixant le creux de sa main débordant des cachets qu'il s'apprêtait à engloutir, Sergio s'était enfin tourné vers elle.

— Que dis-tu ?

— J'ai dit que Marisa est notre fille.

— La petite Marisa… ta nièce… notre fille ?

— Oui, notre fille de seize ans, Sergio, notre enfant. Je t'ai caché qui elle était pendant toutes ces années parce que tu ne manifestais pas le moindre désir de vivre… de vivre avec moi.

Aucun son ne sortait de la bouche de Sergio. Il réussit à se mettre sur ses pieds, marcha jusqu'à la porte et éteignit le plafonnier. Clarita le suivit.

— Donne-moi ces cachets, Sergio.

Il s'était dissimulé derrière les treillis de la terrasse. Malgré la nuit étoilée, elle le perdit de vue un instant. Paniquée à l'idée de ce qu'il voulait encore faire, elle hurla :

— Sergio ! Donne-moi ces cachets !

Elle perçut un bruissement de feuilles. Sergio s'était accroupi au pied du bougainvillier. Elle s'approcha doucement, sans bruit, comme pour attraper un animal apeuré. Puis elle entendit Sergio pousser une plainte déchirante :

— Clarita, pourquoi ? Pourquoi maintenant ?

Elle vint s'asseoir tout contre lui. Elle prit sa main dans la sienne, l'obligeant à desserrer les doigts. Et récupérant les barbituriques un à un, elle dit :

— Je n'allais pas t'imposer cette responsabilité que j'avais prise sans te consulter, pire encore ! en sachant parfaitement que tu ne la souhaitais pas. Lorsque tu as suivi Fidel en 1953, j'étais enceinte de trois mois. Tu as été arrêté, puis tu es parti avec Fidel et les autres rejoindre le Che au Mexique. J'ai pensé t'annoncer que nous avions un enfant à ton retour. Mais tu n'es pas revenu, Sergio. Tu as poursuivi tes batailles et tes révolutions, n'est-ce pas ? Il n'y avait pas de place pour moi dans ta vie de perpétuel guerrier, il y en avait encore moins pour un enfant. Ton existence était déjà un enfer, je n'allais pas en rajouter. Et la vie m'a donné raison, puisque tous tes problèmes se sont aggravés. La Sierra, la guérilla, les dénonciations de tes amis, les accusations de tes compagnons, les réquisitoires de Fidel, les ordres du Che ! Ton arrestation, l'emprisonnement, les tortures !

— Pourquoi ? répétait-il en s'épongeant les yeux.

— Parce que si tu avais connu l'existence de notre fille, tu te serais cru obligé de renoncer à ton but, de renier tes convictions, de faire en sorte de vivre comme tous les autres, de faire fi de ta conscience. Mais ce n'est pas ainsi que je t'ai aimé, Sergio, tu le sais.

— Ma conscience ! Ma pauvre Clarita, tu ne sais rien de moi. Qu'allons-nous faire ?

— Que vas-tu faire, toi, Sergio ? Moi, je reste ici et j'attends que tu nous fasses signe. Je continuerai de veiller sur notre fille. Toi, tu vas suivre à la lettre ce que Peter Grove te propose. Tu vas prendre cet avion qui décolle dans moins de deux heures et tu vas participer à ce congrès à Montréal. Tout est prévu. Tu vas demander et obtenir l'asile politique. Peter Grove l'a promis. Puis dès que ta vie sera organisée, je viendrai avec Marisa et nous vivrons tous les trois ensemble au Canada.

— Au Canada ! Qu'est-ce que je vais faire au Canada ?

— Ce que tu pourras. Et pourquoi pas médecin ? C'est ce que tu sais faire, non ? Ou traducteur, qu'importe ! Tu vivras et nous serons ensemble.

Sergio s'était levé pour prendre l'enveloppe adressée à Acha qu'il avait laissée bien en vue sur la table et il la déposa dans la calebasse qui avait servi, la veille, à détruire l'enveloppe qui contenait donc la dénonciation. La preuve en étant qu'il avait réussi le test machiavélique du conseil révolutionnaire puisque, satisfaits de son rapport, les fonctionnaires du MININT, les patrons de Sánchez et de son petit frère Carlos, ne l'avaient pas fait arrêter. Il fit craquer une allumette et contempla, cette fois, ses aveux partir en fumée.

— C'était une confession, mais il n'est plus nécessaire que vous la lisiez. Tu l'entendras de ma bouche, un jour, ma chérie.

Mais elle ne l'entendrait jamais.

～

Clarita attendit que la voiture de Peter Grove disparaisse au bout de la rue. Puis elle courut jusqu'à la calle 23 et grimpa dans un bus. Descendue à proximité de la calle 41, elle escalada l'escalier en colimaçon pour foncer chez Acha.

— Acha, Acha ! Sergio est parti ! Acha, vous m'entendez ? Vous m'entendez, Acha ? Sergio est parti au Canada.

Elle s'était tue.

Allongé, immobile, le regard fixe, Acha souriait. Peut-être avait-il rêvé qu'il avait vingt ans et que les hommes étaient libres.

CHAPITRE 29

Hôtel Ritz-Carlton
1228, rue Sherbrooke Ouest
Montréal
31 juillet 1970

Ma Clarita,

Le jour se lève et je sais que c'est pour toi et moi. Je vais tout de suite te dire mon amour parce que c'est le but de cette lettre. Je veux te dire que je t'aime, je veux t'appeler « mon amour ».

J'ai la chance de t'aimer et d'être aimé de toi. D'avoir boudé un tel miracle m'apparaît encore plus odieux depuis que j'ai appris, par un collègue de la clinique San Cristóbal qui s'est joint à nous pour la plénière que ma petite belle-sœur Alicia est morte avant-hier des suites de sa fausse-couche. Il me tarde de rentrer pour être auprès de mon frère Carlos certainement désespéré d'avoir, en quelques jours, perdu son enfant et sa femme, et qui doit se sentir très seul en ces moments tragiques.

Je veux qu'il sache que je ne lui reproche aucunement la confiance qu'il a mise en Sánchez et le soutien qu'il lui apporte pour la cause qu'il défend, car moi-même ai cru et crois toujours en Fidel et en ceux qui l'appuient. C'est moi le seul coupable, révolutionnaire défaillant qui n'a pas passé le test, et médecin désorienté qui n'a pas su sauver la famille de son frère. J'ai commis tant d'erreurs, fait tant de bêtises, des petites mais surtout d'énormes (comme cette tentative de me tuer), j'ai tant fait de guerres, j'ai été témoin de tant d'horreurs, que j'ai longtemps refusé de voir le chagrin de mes proches. Pardon encore, mon amour.

Combien de fois m'auras-tu sauvé la vie, Clarita Cardoso ? Cette fois, je te promets que tu ne l'auras pas fait inutilement. Je ne me rappelais que mes tourments, pourtant, je t'avais, toi. Pardonne-moi. Et je veux bien me pardonner à moi-même, maintenant que je sais qu'il y a Marisa. Apprendre que nous avions un enfant, une fille de seize ans, adorable, que j'ai vu grandir sans savoir qui elle était, m'a *d'abord causé le choc que tu sais, mais ça m'a surtout fait comprendre le sens profond de ma vie alors que je l'en croyais dépourvue. Tu m'as donné une fille, mon amour, et tu l'as gardée précieusement pendant que je me mêlais de régler le sort de la planète. Don Quichotte stupide qui voulait expliquer et changer le monde, alors qu'il n'en avait jamais compris ni l'alpha ni l'oméga. Je voudrais pouvoir la revivre, cette vie, pour être à vos côtés et vous dire à toutes les deux combien je vous aime. Je sais que ne pourrai pas rattraper ce temps mais je veux au moins ne plus en gaspiller la moindre parcelle.*

Je t'entends me rassurer, répétant que je me devais d'être aux côtés de mes compagnons dans la Sierra. Tu as raison. Fidel n'aurait pas approuvé un « désistement pour raisons familiales », et le Che encore moins. Nous avions besoin de tous les hommes qui se portaient volontaires pour chasser ce mafioso de Batista, et ma petite part valait toutes les autres puisque nous étions unis par une cause bien plus grande que nous. Je comprends que tu n'aies pas voulu me détourner de mon but, mais tout ça est terminé, et je veux rentrer chez nous. Oui, tu m'as bien compris, je ne demanderai

pas l'asile politique, Clarita. Non, je n'aban-
donnerai jamais Cuba. La pensée de quitter
mon pays pour toujours, même si c'est pour
vivre heureux avec toi et notre fille, m'afflige.
J'ai fait cette révolution, j'ai combattu auprès
de mes amis, nous avons réussi au moins une
partie de notre plan ; des hommes et des femmes
que j'ai admirés, aimés, sont morts dans ce
combat, pour cette cause, et je veux pouvoir
dire à Marisa que ça n'a pas été vain, je veux
te voir heureuse à mes côtés, chez nous, Clarita,
à La Havane, dans ta maison de Vedado que
je voudrais habiter avec toi.

Que Fidel m'ait mandaté pour ce congrès
médical, mon amour, mon amour ! (que j'aime
t'appeler ainsi) est bien davantage qu'un honneur, c'est une responsabilité. Il y aura des
retombées incalculables pour notre pays, à la
condition que je revienne et fasse en sorte que
ce que j'y aurai appris porte des fruits. On
parle d'ouvertures de marchés pharmaceutiques, de contrats importants qui seraient
octroyés à des laboratoires pour venir travailler
chez nous, tant de projets... Oui, je suis
enthousiasmé par ce qui pourrait en découler
et oui, je ressens de nouveau l'envie de travailler,
de vivre. Grâce à toi, à ce que tu m'as appris,

parce que tu m'as sauvé la vie. Je te demande de comprendre et d'approuver mon choix, mon amour, car il s'agit bien d'un choix et il y avait si longtemps que je n'en avais fait. Je rentre chez nous, attends-moi, et dis à Marisa que son père l'aime.

Je te laisse pour l'instant, mon amour. J'ai très envie de toi, tu le verras bien à mon retour, dans moins de trois jours !

Ton Sergio.

P.S. Tu ne devineras jamais qui j'ai aperçu dans le hall de l'hôtel, hier soir ? Notre Francis Cruz qui arrivait de La Havane avec une équipe de presse cubaine ! Ce petit futé aura trouvé le moyen de se faire inviter à un congrès médical, à titre de photographe.

⌒

S'entendant interpellé, le groom s'empressa auprès du docteur Masíquez, le sympathique médecin cubain avec lequel il avait eu l'occasion de bavarder.

Dès les premiers jours du congrès, Sergio s'était fait remarquer par ses apports pertinents aux ateliers, de même que par plusieurs interventions à des colloques déterminants. Sa prestance, sa démarche assurée, ses sourires charmeurs, son passé de guérilléro, surtout, lui avaient d'emblée acquis une grande popularité. *El comandante* Sergio Masíquez était un ami personnel de Fidel Castro, mieux encore, avait été celui du Che !

— Me rendrais-tu le service de mettre cette lettre à la poste, mon ami ? Courrier prioritaire ! Tu crois que ça existe la poste prioritaire pour Cuba où rien ne marche ? demanda Sergio, pince-sans-rire.

— Je n'en sais trop rien, mais ça me fait plaisir de faire ça pour vous, docteur. Je passerai à la poste cet après-midi.

— J'ai écrit une lettre d'amour, la première de toute ma vie, confessa Sergio avec l'air ingénu d'un adolescent.

— On dit qu'il n'est jamais trop tard pour bien faire, rétorqua le groom, lui aussi dans la cinquantaine et toujours célibataire.

Puis, ayant glissé la lettre dans le livre dont il venait de terminer la lecture, il replaça le dernier roman de Ferron dans sa sacoche en bandoulière.

— Vous pouvez compter sur moi, docteur.

— Je viens de prendre la plus importante décision de mon existence, et c'est toi, mon ami canadien, qui es le premier à l'apprendre.

— C'est un honneur, *comandante* !

ÉPILOGUE

Montréal, 1ᵉʳ août 1970, 6 h 30

— Madame Cardoso ? Madame Clarita Cardoso ?

— Moi-même, répondit Clarita en refermant les pans de sa robe de chambre comme si son interlocuteur pouvait la voir.

— Mon nom est Jean-Noël Goulet, je suis médecin et directeur de l'Hôpital général de Montréal. J'ai eu l'honneur et le plaisir de faire la connaissance de votre ami, le docteur Sergio Masíquez, au congrès médical...

— Oui, docteur ? le coupa Clarita.

— Au cours des derniers jours, le docteur Masíquez et moi avons présidé quelques réunions ensemble et participé à plusieurs débats, nous nous entendions bien, c'était un homme...

— Que cherchez-vous à me dire ? Le docteur Masíquez a-t-il disparu ? Il aurait quitté l'hôtel ? osa-t-elle demander, fébrile.

Supposant que Sergio avait suivi le plan de Peter Grove et demandé l'asile politique, elle se réjouissait déjà.

— Disparu? Non… oui… c'est-à-dire que le docteur Masíquez s'est donné… a perdu…

Le moment d'hésitation qui permit au médecin de trouver ses mots suffit à Clarita pour qu'elle anticipe la suite. Avant que son interlocuteur ne poursuive, elle s'était effondrée. À genoux sur le sol, tremblant de tout son corps, elle réussit à rattraper l'appareil.

— Un ami l'a trouvé sans vie dans sa chambre un peu avant minuit, hier. Son décès remontait à quelques heures. Il s'agirait d'un suicide. On l'a trouvé baignant dans son sang, l'arme à la main. Et les premiers examens ont confirmé qu'il…

— Non! C'est faux.

— Vous dites, madame?

À l'autre bout du fil, le médecin canadien ne put cacher son étonnement lorsqu'il entendit une voix calme prononcer froidement:

— Je dis que vous êtes dans l'erreur. Je sais que Sergio n'a pas pu se donner la mort. C'est absolument impossible.

Fin du premier livre du cycle cubain.

GLOSSAIRE

Alzado : Rebelle.

Apapapipios : Nom donné aux partisans de Gerardo Machado.

Bodega : Petite boutique.

Campesino : Paysan.

Campo : Campagne, champ.

Chispas : Allumettes.

Cómo está usted : Comment allez-vous ?

El Jefe : Le chef.

El caballo : Le cheval.

Esquina : Coin, angle.

Finca : Grande propriété, plantation.

Frazada de piso : Balai à laver.

Guagua : Autobus.

Guayabera : Chemise d'homme.

Gusano : Ver de terre.

Hasta la victoria siempre ! : Jusqu'à la victoire finale !

Hasta luego : À plus tard.

Hijo : Fils.

Jefe de nucleo de trabajo : Chef d'un groupe de travail.

Libreta : Carnet de rationnement.

Malanga : Tubercule d'une plante que l'on trouve dans les Antilles.

Mamei : Fruit exotique.

Monte : Montagne.

Mojito : Cocktail cubain à base de rhum.

Mucho gusto : C'est un plaisir ! Ravi !

Nucleo : Noyau, groupe.

Pargo : Poisson très prisé à Cuba.

Querida : Chère.

Radio Reloj : Radio officielle, station la plus écoutée à Cuba.

Tocino : Lard.

Venceremos ! : Nous vaincrons !

Viejita : Petite vieille.

Zafra : Récolte.

Remerciements

Mes remerciements vont d'abord à Jacques qui m'a encouragée à reprendre ce manuscrit abandonné dans un tiroir depuis 1970.

Puis à tout le personnel de la maison Hurtubise, particulièrement à Sandrine Lazure, mon éditrice, qui réunit toutes les qualités nécessaires à la concrétisation d'un livre, la gentillesse et la courtoisie en sus.

Aussi à mes chers amis Émile et Nicole Martel dont les commentaires et les suggestions de premiers lecteurs me mettent sur les rails, ainsi qu'à Thomas Brodeur qui préfère lire mes histoires en vrac avant de faire ses critiques constructives.

Tout spécialement à mon frère, Gervais Lessard, pour son apport indispensable à la description de la partie d'échecs entre le Che et Sergio. Ma commande n'était pas simple. Il me fallait une partie en dix-neuf coups se terminant par la capitulation du roi noir. Cette partie a été remportée par Petrosian contre Tolush, lors du 18ᵉ championnat d'URSS en 1950.

GARANT DES FORÊTS
INTACTES

Achevé d'imprimer en mars 2010
sur les presses de Marquis Imprimeur,
Montmagny, Québec.